마쓰야미 시

세토내해

도요 항

에히메 현

시코쿠

오이타 항

야와타하마 항

오이타 현

구마모토 시
가즈야네

규슈

구마모토 현

혼슈

우라야스 시
도쿄 디즈니랜드

도쿄 ○   ○ 지바 현

○ 가와사키 시
가나가와 현 ○ 요코하마 시

○ 오다와라라 시

○ 이시가라 휴게소

시즈오카 시 ○
시즈오카 현

오사카 난코
페리 선착장
○ 오사카 부

그 여름의
가출 일기

그 여름의 가출 일기

1판 1쇄 인쇄 2012년 9월 5일 인쇄 **1판 1쇄 발행** 2012년 9월 15일 발행
펴낸이 박종암 **펴낸곳** 도서출판 르네상스 **출판등록** 제313-2010-270호
주소 121-842 서울시 마포구 서교동 460-14번지 2층
전화 02-334-2751 **팩스** 02-338-2672 **전자우편** rene411@naver.com
ISBN 978-89-90828-59-0 43830

이 도서의 국립중앙도서관 출판시도서목록(CIP)은 e-CIP 홈페이지(www.nl.go.kr/ecip)와
국가자료공동목록시스템(www.nl.go.kr/kolisnet)에서 이용하실 수 있습니다. (CIP제어번호 : CIP2012004050)

'MATA, KANARAZU AOU' TO DAREMO GA ITTA
ⓒ YASUSHI KITAGAWA, 2010
Originally published in Japan in 2010 by Sunmark Publishing, Inc., TOKYO.
Korean translation rights arranged with Sunmark Publishing, Inc., TOKYO,
through TOHAN CORPORATION, TOKYO and IYAGI AGENCY, SEOUL.
Korean translation copyrights ⓒ 2012 by Renaissance Publishing Co.

그 여름의 가출 일기

기타가와 야스시
장편소설

르네상스

일/러/두/기

• 괄호 속 설명은 독자의 이해를 돕고자 옮긴이가 덧붙인 주석입니다.
• 주인공이 사는 지역의 사투리 느낌을 살리고자 경상도 사투리로 옮겼습니다.
• 주인공은 일본에서 쓰는 만 나이로 열일곱 살이지만, 우리 상황에 맞게 열여덟 살로 옮겼습니다.

Contents

첫째 날

어디서나
환영받는 법

내 이름은 아키즈키 가즈야다.

내 입으로 말하기는 뭣하지만 거짓말쟁이다.

그런 주제에 자존심은 세서 거짓말쟁이라고 불리기는 싫은 골치 아픈 성격이다.

그런 성격 탓에 이런 곳에 오는 처지가 되었다.

그것도 하필이면 혼자서…….

디즈니랜드를 빠져나오자마자, 줄이 헐거워 손목에서 빙글빙글 돌며 짜증을 돋우는 손목시계를 바라보았다. 5시 정각이었다. 7시 5분 비행기는 충분히 탈 수 있을 터였다. 겨우 임무를 마치고 이 벌칙 게임 같은 하루에서 해방된다는 사실에 마음이 놓이면서 휴 하고 한숨이 나왔다.

디즈니랜드 입구에서는 저녁인데도 커플들이 줄지어 티켓을 사고 있었다. 이런 시간에 돌아가는 녀석은 나 말고 없을 거다. 아니, 애초에 누가 이런 날 혼자서 디즈니랜드에 오겠는가.

매표원 누나가 "한 장이면 되겠어요?"라며 눈을 동그랗게 뜰 때까지만 해도 그게 얼마나 부자연스러운 일인지 생각도 못했다. 하지만 누나가 얼른 억지웃음을 지으며 "천천히 즐기세요." 라고 하는 순간, 혼자서 온 걸 마음속 깊이 후회했다. 그래, 여기는 혼자서 올 만한 곳이 아니다. 그 사실을 몇 번이나 거듭 깨달아야 했는지…….

결국 이 시간까지 '빨리 돌아갈 시간이 됐으면.' 하는 생각만 하면서 하루를 보냈다.

오봉(양력 8월 15일을 전후로 조상의 넋을 기리는 일본의 고유 명절)이 지났는데도 햇볕은 한여름이나 다름없었다. 놀이 기구를 타려고 줄을 섰을 때는 푹푹 찌는 열기에 땀이 비 오듯 했다. 땀에 젖은 옷이 피부에 들러붙어 불쾌감을 더했다. 바람도 안 부는 데다 북적거리는 인파 속에서 열기와 냄새가 훅훅 끼쳐 오는 바람에 몇 번이나 도망치고 싶었다. 그런데도 앞뒤로 줄을 선 커플과 그룹들은 털끝만큼도 불쾌하지 않은 듯 시끄럽게 떠들어 댔다. 그게 나를 더 안절부절못하게 했다.

"몇 분이신가요?" 하고 물을 때마다 검지 하나를 펴 들고, 모기만 한 소리로 "혼자예요." 하고 대답했다.

무얼 타든, 어디에 있든, 눈곱만큼도 즐겁지 않았다. 분명 여행은 '어디에 가는가'보다 '누구와 가는가'가 훨씬 중요하다. 기껏 디즈니랜드까지 와서 이렇게나 즐기지 못한 녀석도 드물 테지. 그렇게 생각하자 스스로가 바보 같아서 피식 웃음이 났다.

도쿄에 온 건 처음이라 전철을 타고 하네다 공항까지 갈 일이 억겁처럼 느껴졌다. 전철을 잘 갈아탈 수 있을지도 자신이 없었다. 그런데 다행히 하네다까지 바로 가는 버스가 눈에 띄어서 냉큼 올라탔다.

버스에는 사람들이 듬성듬성 앉아 있었다. 뒤쪽에 자리를 잡고 앉아서 창틀에 팔꿈치를 올려놓고 '꿈과 마법의 나라'를 멍하니 바라보았다. 당일치기로 이런 데까지 오게 될 줄은 솔직히 생각도 못했다. 아무튼 이걸로 볼일은 다 끝났다.

주머니에서 디지털카메라를 꺼내 사진 몇 장을 체크했다. 다른 사람에게 부탁해서 찍은 사진 속에서, 뚱한 얼굴을 한 나와 싱글벙글 웃는 미키마우스가 어깨동무를 하고 있었다. 일부러 무뚝뚝한 표정을 지었지만, 그래도 잘 보면 반쯤 웃는 듯 보여서 부끄러웠다.

"아무튼 이거면 되겠지."

모든 일은 아무렇지 않게 내뱉은 거짓말에서 비롯되었다. 거짓말이라기보다 허세라고 하는 게 맞을지도 모른다.

내가 다니는 고등학교에서는 2학년 가을에 수학여행을 간다. 올해도 도쿄가 수학여행지로 결정되었다. 그중에서도 화제의 중심은 '디즈니랜드'였다. 통 넓은 바지와 뾰족하게 깎은 M자 모양 이마를 자랑으로 여기는 녀석들까지 "곰돌이 푸를 꼭 타고 싶어!"란다. 그 모습을 상상만 해도 쓴웃음이 났다. 디즈니랜드에 가더라도 녀석들 가까이에는 가지 않는 게 상책이다 싶었다.

당연히 나도 두근거렸다. 그렇지만 그런 일로 들떠서 조잘대거나 희희낙락하는 건 촌스럽다. 아니, 정직한 건 내 캐릭터에 맞지 않는달까……. 아무튼 어떤 일에나 무관심을 가장하는 녀석이 좀 멋져 보이는 법이니까 관심 없는 척했다.

여름 방학 임시 등교일에 그 얘기가 화제에 올랐다.

"디즈니랜드, 기대된다. 수학여행 빨리 안 가나."

다들 한창 이야기꽃을 피우는데 나 혼자 "흥!" 하고 코웃음을 쳤다.

"가즈야 니는 기대 안 되나?"

"별로."

"폼 잡지 마라."

"폼 잡는 거 아이다. 디즈니랜드가 뭐 별거라고. 그냥 유원지 잖아."

"가즈야 니, 혹시 가 본 적 있나?"

다음 말은 깊이 생각지도 않고 뱉어 버렸다.

"어, 가 봤다."

"흐음, 그렇단 말이제……."

그 정도면 누구든 납득할 터였다.

그런데 후미야 입에서 튀어나온 한마디가 나를 당황하게 만들었다.

"자식, 거짓말이제?"

나는 바로 반응을 했다.

"진짜다. 그딴 거짓말 해서 뭐하노."

"언제 갔는데?"

"작년 여름에……."

말하고 나서 '아뿔싸!' 했다. 적어도 재작년이라고 했으면, 후미야와 중학교가 달랐으니 '그렇구나'로 끝났을지도 모른다.

"그러니까 더 수상한데. 작년 여름엔 그런 얘기 입도 뻥긋 안 했잖아."

"재미가 하나도 없었으니까 얘기 안 한 거지."

후미야 녀석은 내가 거짓말을 한다고 확신하는 모양이었다. 나를 궁지로 몰아넣으려 했다.

"증거는? 디즈니랜드 갔으면 사진 한 장쯤은 있을 거 아이가."

"어, 있다. 집에."

"그거 보여 도."

"좋다. 다음에 가지고 오께."

"그럼, 9월 1일에 가지고 온나. 기대하고 있으께."

후미야는 깔보는 듯한 웃음을 띠며 자리를 떴다.

녀석이 내 말을 믿지 않는 데 짜증이 났다. 거짓말한 건 나면서 믿어 주지 않는다고 울컥했다.

'후미야 자식이 쓸데없이 걸고넘어지는 바람에 일이 꼬였잖아. 그렇구나 하고 넘어가면 될 일을.'

짜증은 엉뚱하게도 후미야를 향한 분노가 되어 부글부글 끓어올랐다.

몇 분 지나자 분노가 가라앉으면서 초조함이 밀려왔다.

'어떡하지……'

그날은 온종일 어떻게 해야 할지를 고민했다. 이제 와서 "사실은 간 적 없어!"라고 말할 수는 없다. 사진이 없어져서 갖고 올 수 없다고 말할까도 생각했다. 하지만 그러면 그러는 대로 더

날카로운 질문 공세를 부추겨 거짓말이 탄로 나고 말 것이다. 설령 계속 시치미를 뗀다 해도 수학여행이 괴로워진다.

나는 어째서 '가 봤다'는 말 따위를 해 버렸을까. 대뜸 거짓말부터 내뱉은 건 스스로 생각해도 좀 뜻밖이었다. 하지만 내 안에 그런 거짓말쟁이가 있는 것도 부인할 수 없는 사실인지라, 그 일이 더욱 후회가 되었다. 디즈니랜드에 가 본 적 없다는 게 딱히 부끄러운 일도 아닌데…….

예전에는 남한테 잘 보이려고 종종 거짓말을 했다. 초등학교 때는 특히 심했다. 나도 그런 내가 싫었다. 최근에는 그런 일도 줄어들었는데, 하필이면 이런 때에…….

무표정한 얼굴로 텔레비전 화면을 바라보고 있자니 엄마가 물었다.

"아까부터 젓가락질하는 게 영 신통찮네. 어디 아프냐?"

"응? 아니, 별로……."

건성으로 대답한 뒤, 들리지 않을 만큼 작은 목소리로 "잘 먹었습니다." 하고는 자리에서 일어나 내 방으로 갔다.

침대에 드러누워 천장을 올려다보면서, 몇 번째인지도 모를 한숨을 내쉬었다.

그 순간 불현듯 마음을 정했다.

"좋다, 가자! 디즈니랜드!"

나는 침대에서 벌떡 일어나, 상자 모양 저금통에 손을 뻗었다. 올 정월부터 모아 온 용돈이 3만 2천 엔이다. 그걸로 겨울에 가죽 재킷을 살 작정이었다. 하지만 내 명예가 걸려 있다. 돈을 쓰는 데 망설임은 없었다. 오히려 생각지도 못한 방향으로 일이 흘러가서 가슴이 뛰었다.

문제는 3만 2천 엔으로 충분할지다. 나는 엄마한테 말해 보기로 했다. 전에 친구와 하카타에 놀러 갔을 때, 구마모토－하카타 간 왕복 차비와 하카타(일본 열도를 이루는 4대 섬 중 가장 남쪽에 있는 규슈 섬 북부 후쿠오카시의 한 구)에서 쓸 식비로 1만 엔을 줬던 게 생각났다. 이번에도 그 방법을 쓰자.

마음을 정하고 곧장 부엌으로 갔다. 이런 얘기는 아빠가 돌아오기 전에 빨리 끝내 버리는 게 상책이다. 엄마는 그런 일에는 그다지 까다롭게 굴지 않는다. 누구랑 무엇을 하러 가는지만 말하면 "조심해서 댕겨온나." 하고 보내 준다.

아빠는 그날그날 기분에 따라 대답이 달라지는데, 대개는 "니 멋대로 해라. 그란데 돈은 몬 준다."라고 한다. 그래서 몇 번인가 놀러 갈 돈을 못 받은 적이 있다.

나는 아까와 태도를 백팔십도 바꾸어 수다스럽게 굴었다. 여름 방학도 얼마 남지 않았다는 둥, 이제 슬슬 입시 준비를 할 때가 되었다는 둥, 잡담을 늘어놓으며 말을 꺼낼 기회를 노렸다.

"그래서 내일 친구 셋이랑 대학 견학도 할 겸 하카타에 가기로 했다. 3학년 되면 공부하느라 그럴 틈도 없을 기고……."

내가 생각해도 잘 꾸며 낸 거짓말이라는 생각이 들었다.

"그래. 한 번쯤 사전 답사를 하는 것도 좋제."

엄마는 씻고 있던 접시에서 눈을 떼지 않은 채 말했다. 그다음에 어떤 말이 나올지도 예상하고 있는 눈치였다. 설핏 웃음을 띤 듯도 했다.

"그래서 돈이 쪼매 필요한데……."

"알았다. 잠깐 있어 봐라. 지금 꺼내 주께."

엄마는 물을 잠그고 손을 닦더니 지갑에서 1만 엔을 꺼냈다.

"점심값까지 해서 이거면 충분하제? 조심히 댕겨온나."

"으, 응……. 고맙심더."

웃는 엄마 얼굴을 똑바로 쳐다볼 수가 없었다. 계획대로 돈을 타 냈다는 기쁨보다 거짓말을 했다는 죄책감이 더 컸다. 그렇게 많이는 필요 없다는 말을 하려다가 오히려 수상쩍게 여길 것 같아 그만두었다. 돈을 받아 허둥지둥 주머니에 넣었다.

"설거지 도와주께."

"옴마야, 웬일이고?"

평소 안 하던 짓을 해서 의심을 사는 건 아닐까 싶었지만, 무언가 해 주지 않고서는 견딜 수가 없었다. 거짓말을 감추려고, 또 거짓말을 한 데 대한 죄책감 때문에 접시를 닦는 손이 빨라졌다.

설거지를 끝낸 뒤, 형 방에 있는 컴퓨터로 비행기 요금을 조사했다. 예상했던 것보다 훨씬 비싸서 놀랐다. 이래서는 도쿄까지 갔다 올 수도 없다. 어찌할 바를 모르고 있는데 형이 돌아왔다.

"어, 뭐 조사하나?"

"형, 도쿄 가는 데 돈이 꽤 드네."

형은 넥타이를 풀면서 모니터 쪽으로 상체를 숙였다.

"제값 주고 사면 당연히 비싸지. 투어로 사면 싸다."

형은 와이셔츠 차림으로 서서 컴퓨터를 만지더니 투어 티켓을 아주 싸게 파는 사이트에 접속했다.

"봐라, 구마모토(규슈 섬 구마모토 현의 현청 소재지)에서 도쿄 하네다 공항까지 왕복 비행기 티켓에 디즈니랜드 입장권까지 포함해서 3만 2천 엔 아이가."

나는 나도 모르게 모니터에 얼굴을 바짝 들이밀었다.

"진짜네!"

"뭐꼬, 도쿄 갈라꼬?"

"그기 아이고…… 얼마나 드나 싶어서."

형은 실내복으로 갈아입고 "컴퓨터 전원 안 꺼도 된다. 이따가 내가 쓸 기다." 하고선 거실로 나갔다.

나는 주춤주춤 컴퓨터에 이름과 주소를 입력하고 투어를 신청했다.

대금을 입금하고 티켓이 도착해야 출발할 수 있다. 엄마한테는 친구들과 이야기해서 내일이 아니라 나흘 뒤에 가기로 했다고 다시 거짓말을 해야 했다. 하지만 엄마한테는 그게 별로 중요한 정보가 아니었나 보다. "그래?" 하고 한마디 했을 뿐이다.

이튿날 아침에 일어나자마자 은행에 가서 입금을 하고, 그다음 날은 티켓이 오기를 기다렸다. 다행히 엄마가 아르바이트를 하러 가는 날이라, 티켓이 도착했을 때는 집에 나 혼자밖에 없었다. 그럭저럭 준비는 마쳤다. 그리고 오늘을 맞았다.

어제는 조금 들떠서 쉬이 잠이 들지 못했다. 디즈니랜드에 간다고 들뜬 게 아니었다. 처음으로 혼자서 도쿄에 가기 때문이었다. 불안과 긴장도 한몫 거들었다.

나는 새벽 5시에 눈을 떠서 가장 마음에 드는 셔츠로 몸을 감쌌다. 6시쯤에는 출발 준비가 모두 끝났다.

텔레비전 뉴스에서는 오늘도 전국적으로 북태평양 고기압의 영향을 받아 맑고 무더운 날씨가 될 거라고 했다. 그 무렵 엄마가 일어났다.

"아, 오늘이었제, 하카타 가는 거. 벌써 나갈라꼬?"

"어…… 응."

왠지 견딜 수가 없어서 도망치듯 일어섰다.

"갔다 오께."

"아침은?"

"역에서 사 먹으께."

나는 등을 돌린 채 신발을 신고 현관을 나섰다.

"조심히 댕겨온나!"

상냥한 목소리가 뒤통수에 와서 꽂혔다. 마음속으로 '응' 하고 대답했다.

공항에는 7시 20분쯤 도착했다. 비행기는 8시 정각에 구마모토 공항에서 날아올랐다. 나는 창밖으로 보이는 풍경 속에서 우리 집을 찾아 보려 했다.

비행기를 탄 것도 실은 이번이 처음이다. 기압 때문에 귀가 아프다는 얘기를 들은 적이 있는데, 생각보다 훨씬 심했다. 지도에서만 보던 해안선을 실제로 보면서도 도쿄로 가고 있다는 걸 실감하지 못한 채 그저 창밖만 바라보았다.

9시 반에는 하네다에 닿았다. 기내에서 창밖만 바라본 탓에 공항에 내렸을 때는 목이 다 아팠다. 내가 지금 도쿄에 있다는 게 신기했다. 동시에 언제까지고 사라지지 않을 것 같은 죄책감도 들었다.

　여름 방학은 다들 비슷비슷하게 보낼 것이다. 요즘엔 딱히 하는 일도 없으면서 밤을 새거나 밤늦도록 깨어 있다가, 아침 10시 반이나 11시에 일어나는 나날을 보냈다. 그런데 오늘은 도쿄에 있다. 평소라면 아직 자고 있을 시간에 구마모토에서 1천 킬로미터 넘게 떨어진 대도시에 서 있다. 불가능한 듯 보여도 부딪쳐 보면 뜻밖에 가능한 일이 많은 것 같다. 지금 내가 그토록 멀게만 느꼈던 도쿄에 와 있는 걸 보면 말이다. 겨우 몇 시간 전만 해도 구마모토에 있었는데……. 나는 들썩이는 마음을 누르며 디즈니랜드로 가는 직행버스를 찾았다.

　버스는 금세 고속 도로로 접어들었다. 편도 3차선 도로에 자꾸자꾸 차가 늘어났다. 그야말로 처음 접해 보는 도회지 풍경이었다. 버스가 긴 터널을 빠져나오자, 왼쪽으로 텔레비전에서나 보던 건물이 눈에 들어왔다. 옆자리에 앉은 커플이 하는 얘기를 듣고 거기가 오다이바(도쿄 도를 이루는 23개 특별구 중 미나토 구에 있는 상업·레져·주거·복합 지구)라는 걸 알았다.

　디즈니랜드에 도착한 건 10시 45분이었다.

　그 뒤로는 앞서 설명한 대로다.

　꿈과 마법의 나라는 내게 괴롭고 긴 하루라는 인상만 남겨 주

었다. 다만, 내가 정말 꿈속에 있는 게 아닐까 하는 생각을 하긴
했다. 구마모토에서 멀리 떨어진 도쿄까지 와서, 디즈니랜드에
서 하루를 보내고, 공항으로 가는 버스 안에서 도회지 풍경을 바
라보는 나, 진짜 일어난 일인데도 왠지 마음 한구석에선 현실로
받아들이지 못하는 내가 있다. 그래도 앞으로 네 시간만 있으면
다시 구마모토 우리 집에 가 있을 것이다. 그 또한 신기한 느낌
이었다.

　잠을 거의 못 자고 나와서 온종일 땡볕 아래 있었던 탓일까.
몸이 파김치처럼 늘어지더니, 어느새 잠이 들어 버렸다. 막 눈을
떴을 땐, 내가 지금 어디서 무얼 하고 있는지 어리둥절했다. 서
둘러 정신을 차리고 창밖을 보니 왼쪽으로 대관람차가 보였다.
거기가 오다이바 언저리라는 건 오는 길에 들어서 짐작이 갔다.

　어쩐지 시간이 많이 지난 것 같아 시계를 보았다. 버스에 붙
어 있는 디지털시계가 6시 20분을 나타냈다. 당황해서 내 손목
시계를 보니 5분 빠른 6시 25분이다. 틀림없다. 6시 20분이다.
버스에 탄 지 한 시간이 넘었다.

　잠이 확 깼다. 자리에서 벌떡 일어나 버스 앞쪽을 보았다. 까
마득한 저 앞쪽까지 자동차가 꼬리에 꼬리를 문 채 꼼짝도 하지
않는다.

　"막힐 시간이긴 해도, 여기서 이렇게 꼼짝을 않는 건 드문 일

인데."

당황해서 허둥대는 와중에도, 공항 가는 버스에 탄 사람이 여기 도로 사정에 훤하다니 별일이다 싶었다.

5분, 10분, 시간은 자꾸 흐르는데, 버스는 가끔 차 한 대 거리만큼씩 느릿느릿 나아갈 뿐 공항 근처에도 가지 못했다.

나는 또 시계를 보았다. 6시 33분.

누군가 앞쪽을 보고 내뱉듯이 말했다.

"사고 났네, 저기."

나는 엉겁결에 벌떡 일어섰다. 버스는 차체가 높아서 상당히 멀리까지 보였다. 오른쪽과 가운데 차선에 있던 차들이 차례차례 왼쪽 차선으로 옮겨 갔다.

'빨리, 빨리……'

마음속으로 외쳤지만 차는 거의 제자리걸음이었다.

'어쩌지? 이러다가 늦겠는데.'

그런 생각에 좌불안석이었다.

버스가 사고 현장에 접어들기까지 또 10분이 걸렸다.

차선 두 개를 가로막듯이 선 차 두 대에는 딱히 눈에 띄는 흠집이 없었다. 운전자 두 사람도 각자 휴대 전화로 누군가와 통화를 하고 있었다.

'그깟 사고로 길 막지 마!'

분노가 극에 달했다.

앞으로 15분이면 공항에 닿을 것이다. 비행기는 7시 5분발이다. 아슬아슬하지만 늦지 않게만 도착하면 태워 줄지도 모른다.

"제발, 제발…… 늦지만 마라……."

너무 긴장한 탓인지 배까지 살살 아파 왔다.

한 번 좁아졌던 차선은 사고 구간을 지나자 원래대로 돌아왔다. '이제 드디어…….' 하고 기대했지만, 버스는 영 속도를 내지 못했다. 이번에는 왼쪽에서 합류하는 차들 때문에 길이 막혔다. 왼쪽 고가 도로에서 내려오는 차들이 꼼짝도 못 한 채 줄지어 기다리고 있었다.

'최악이다!'

아랫배가 점점 더 아파 왔다. 꾸르륵꾸르륵 소리까지 났다.

이제 비행기를 탈 수 있을지보다, 화장실에 늦지 않게 닿을 수 있을지가 더 신경 쓰였다.

그때 눈앞에 대관람차가 보였다.

'어…… 저기가 오다이바?'

아까 본 건 오다이바 대관람차가 아닌 모양이다. 나는 아픈 배를 부여잡고 울고 싶은 심정으로 되뇔 수밖에 없었다.

'제발, 제발, 빨리…….'

합류 지점을 지나자 거북이걸음이나마 차가 움직이기 시작했다.

나는 몇 번이나 시계를 들여다보다가 절망에 빠졌다. 무정하게도 시계는 7시를 넘어섰다. 긴장 때문에 시작된 복통도 절정에 이르렀다.

내 시계로 7시 13분에 버스가 공항 터미널에 도착했다. 내 시계는 5분 빠르게 맞춰져 있다.

'어쩌면 출발이 늦어졌을지도 몰라.'

실낱같은 가능성에 매달리며 공항 안으로 달려 들어갔다. 그러나 얼굴이 벌게져서 뛰어든 곳은…… 화장실이었다.

인간의 몸은 감정에 크게 좌우되는 모양이다. 비행기를 놓칠지도 모른다는 걱정이 부풀어 오르면서 배가 미칠 듯이 아파 왔고, 더는 참을 수 없는 지경에 이르렀다.

화장실에 뛰어든 순간, 구사일생으로 딱 한 칸이 비었다. 나는 막 나오던 아저씨와 거의 부딪칠 뻔하면서 그 칸으로 들어갔다.

허리띠를 끄르는 손이 떨렸지만 간신히 늦진 않았다.

'세이프!'

이 상황에서 그딴 생각을 하는 스스로에게 화가 났다.

나는 시원하게 누지도 못하고 손도 씻지 않은 채 다시 밖으로 뛰어나갔다. 탑승구로 뛰어가는데 출발 편을 알리는 전광판 첫머리가 '19:25 이타미행'으로 바뀌어 있는 게 눈에 들어왔다.

날 듯이 뛰어서 탑승구에 도착하자마자 접수하는 여직원에게 표를 내밀며 물었다.

"저기, 구마모토행! 19시 5분 구마모토행인데요!"

여직원은 분수처럼 땀을 흘리는 내게 공손하게 고개를 숙였다.

"죄송합니다만, 손님. 구마모토행 비행기는 이미 탑승 수속이 끝나서 하네다 공항을 떠났습니다."

"어, 이런……."

나는 침울해할 틈도 없이 매달리듯 물었다.

"어, 어떡하죠?"

여직원은 살짝 눈살을 찌푸리더니 가볍게 고개를 갸웃했다.

"어떡하면 좋죠?"

"그렇게 물으셔도……."

"환불받을 수 있어요?"

"죄송합니다만, 손님. 이 표는 여기 쓰여 있듯이 변경이나 환불이 되지 않습니다."

그러고 나서도 나는 몇 번인가 "어떡하죠?"라고 물은 모양이다. 여직원한테서 어떤 말을 들었는지는 기억이 잘 나지 않는다. 아무 말도 하지 않고 내가 사라져 주기만 기다렸는지도 모른다. 기억이 잘 나지 않는다.

나는 넋이 나간 듯 출발 로비에 서 있었다.

"어떡하지……."

고등학교 2학년씩이나 되어선 길 잃은 아이마냥 울음이 터질 것 같았다.

시간이 얼마나 흘렀는지 알 수 없었다.

나는 출발 로비에 줄줄이 늘어선 의자에 앉아 휴대 전화만 바라보았다. 구마모토행 마지막 비행기는 떠나 버렸다. 나로서는 어찌할 도리가 없었다. 아무리 발버둥 쳐도 오늘은 집에 돌아갈 수 없다. 그것만이 아니다. 가진 돈은 3천4백 엔. 하룻밤을 여기서 보낸다 해도 구마모토까지는 어떻게 돌아갈지…….

어찌해야 좋을지 알 수가 없었다. 어쨌든 집에는 전화를 해야 한다. 집에 돌아가지 않으면 걱정할 테지. 하지만 전화해서 뭐라고 하지? '지금 도쿄인데…….' 하고 불쑥 말을 꺼내면 엄마는 뭐라고 할까.

남은 비행기 편이 줄어들수록, 공항 안에 있는 사람 수도 줄어들었다. 마지막 비행기 탑승 수속이 끝났을 땐, 그 많은 의자에 앉아 있는 사람이라곤 달랑 나 혼자였다. 일을 끝낸 공항 관계자들이 지나가면서 나를 흘끔거렸다.

나는 어찌해야 할지 몰라 그저 앉아 있을 뿐이었다. 누군가 말을 걸어오기만 기다렸는지도 모른다. 하지만 그런 누군가는 나타나지 않고 시간만 흘러갔다. 달리 방법도 없어서 거의 포기한 채 집에 전화를 걸려는 참이었다.

"거기, 젊은이!"

누군가 툭 내뱉듯 부르는 소리가 들려 돌아보았다. 어떤 아줌마가 양손을 허리춤에 올린 채 나를 내려다보고 있었다.

"저…… 저 말이에요?"

"너 말고 누가 또 있어? 이거 받아."

아줌마가 네모난 것을 내밀었다.

"뭔데요…… 이거…….."

당황한 내게 아줌마는 다그치듯 말했다.

"괜찮으니까, 받아."

아줌마가 내민 건 조그만 손거울이었다. 내미는 대로 받아 들면서 대답했다.

"저…… 이거, 제 게 아닌데요."

"말 안 해도 알아. 내 거니까. 네 얼굴 좀 보라고. 한심한 얼굴로 그런 데 멍하니 앉아 있으면 어쩌자는 거야."

흘끔 본 내 얼굴은 내가 생각해도 놀랄 만큼 한심했다.

"죄송합니다…….."

뭐가 죄송한지, 왜 죄송한지도 모르겠지만, 그 말이 불쑥 튀어나왔다.

"돌아갈 비행기를 놓치고 갈 데가 없어서 넋 놓고 있었지?"

"그걸 어떻게……."

"당연히 알지. 저기서 온종일 오가는 사람들을 지켜보고 있으니까."

아줌마는 선물 가게를 가리켰다.

"하루에도 몇 명씩 너처럼 허둥지둥 달려오거든. 처음에는 매달리지만 어쩔 수 없다는 걸 알면 금방 전화를 하든지, 포기하고 돌아가든지 해, 보통은. 그런데 너는 어느 쪽도 아니야. 그렇다는 건 오늘 묵을 데도 없고 돌아갈 돈도 없다는 거지. 그렇게 휴대 전화를 빤히 바라보는 건 집에 연락해야 하지만, 할 수 없는 사정이 있다는 거고. 들어 보나 마나 그런 얘기지?"

정곡을 찔렸다. 그런데도 왠지 안심이 됐다. 내 사정을 알아주는 사람이 있다는 안도감 때문일 것이다. 눈물이 솟았다.

"너, 몇 살이니?"

"열여덟 살이요."

"열여덟이면 어엿한 남자잖아. 다 큰 남자가 겨우 하루 이틀 집에 못 간다고 그런 한심한 표정 하는 거 아니야. 좀 들어 봐. 남자란 건 말이야, 예상치 못한 일이 생기더라도 마음을 단단히 먹고 받아들이지 않으면 못써."

"그치만 집에 못 가게 됐다고요. ……돈도 없고."

"남자라면 그럴 때야말로 한심한 표정 지으면 안 돼. 알겠니? 제가 처한 상황을 웃어넘길 만한 배짱이 있어야지."

"그치만……."

"꼴사나우니까 '그치만' 소리는 그만하고. 이제 집에 돌아갈 마음이 없는 거니?"

"그게 아이라……."

"그러면 언젠가는 돌아갈 거 아냐? 걸어서라도 돌아갈 수는 있어. 옛날 사람들은 다 걸어 다녔어. 너라고 못 할 리 없잖아."

"그치만 빨리 안 돌아가면……."

아줌마는 어이없다는 듯이 쓴웃음을 지었다.

"이봐, 젊은이. 네가 안달복달해 봐야 내일까지 비행기는 뜨지 않아. 지갑에 돈이 불어나는 것도 아니고. 알겠니? 그딴 생각은 집어치우고 이 상황을 즐겨 봐. 잘 들어. 평생 한 번 있을까 말까한 일이야. 너 고등학생이지? 열여덟 살이면 고2인가? 어디서 왔니? 어머, 구마모토? 꽤 멀리서 왔구나. 뭐, 상관없어. 어떻게 갈지는 몰라도, 이 방법 저 방법 온갖 방법을 다 써서 돌아가는 거야. 그러다 보면 평생 잊지 못할 여행이 될 거라고."

신기하게도 이 아줌마와 이야기하고 있자니, 지금 내가 딱히 심각한 문제에 부딪힌 건 아니라는 생각이 들었다. 아줌마 말이 맞다. 단지 부모님께 뭐라고 설명하면 좋을까…… 그게 계속 마음에 걸렸다. 아줌마 덕분에 이제 다른 일은 거의 신경이 쓰이지 않았다.

"알았니? 알았으면 웃어 봐."

나는 쓴웃음을 지었다.

아줌마는 그 정도로는 안 된다는 듯 고개를 가로저으며 다시 어이없다는 표정을 지었다.

"너 말이야. 아까도 말했지만 울든지 웃든지, 지난 일을 후회하든지 앞일을 불안해하든지, 오늘 네가 구마모토에 돌아갈 수 없다는 사실은 변치 않아. 그러니까 오늘을 즐기는 거야, 알겠니?"

나는 몇 번이나 고개를 끄덕이고는 작은 소리로 "네."라고 대답했다.

아줌마가 웃었다. 나도 덩달아서 웃음이 났다.

"그래. 좋잖아. 자, 일어나."

"예?"

"여기 있어 봐야 별 뾰족한 수도 없잖아. 오늘은 우리 집에서 재워 줄게."

"그, 그치만…… 저……."

"싫으면 됐어. 여기 있든지."

"갈게요. 잘 부탁드립니다."

나는 허둥지둥 가방을 둘러메고 벌떡 일어섰다.

아줌마는 살짝 웃음을 띠는가 싶더니 가볍게 고개를 끄덕여 보이고는, 획 돌아서서 거침없이 발걸음을 옮겼다. 체구는 작은데 걸음이 빨랐다. 나는 뛰다시피 뒤를 따라갔다.

아줌마와 함께 전철을 탔다. 표는 아줌마가 사 주었다. 전철을 한 번 갈아탔는데 거기가 어딘지, 지금 어디로 가고 있는지 도무지 알 수 없었다.

마침내 어떤 역에 내렸다.

"여기서 조금 걸어야 돼."

"여긴 도쿄예요?"

"가와사키(일본 열도를 이루는 4대 섬 중에서 가장 큰 섬인 혼슈 남동부 가나가와 현의 공업 도시로 도쿄와 이웃해 있다)야."

아줌마네 집은 역에서 걸어서 20분쯤 걸리는 아파트 2층이었다. 척 보기에도 낡은 아파트인데 철제 계단을 하나씩 딛고 올라갈 때마다 탕, 탕, 탕, 울리는 소리가 아파트 전체에 메아리쳤다.

갈색 베니어판으로 마감한 문에 붙은 문패를 보고 처음으로 아줌마 성이 '다나카'라는 걸 알았다. 그러고 보니 서로 자기소개조차 하지 않았다.

"아줌마, 성이 다나카예요?"

"그래. 다나카 마사미. 너는?"

"저는 아키즈키 가즈야예요."

"그래. 그러면 가즈야, 어서 들어와. 사양할 필요 없어. 나 혼자 사니까."

그렇게 말하며 열쇠로 문을 열었다.

여자 혼자 사는 집에 들어간다. 내 인생에서 첫 경험이 이 아줌마네 집이라니. 뭔가 이상한 기분이 들었다.

집 안은 깔끔하게 정리 정돈되어 있고, 바닥에 먼지 한 톨 보이지 않았다. 살림살이도 아주 단출했다. 집에 들어서자마자 오른쪽에 부엌과 식탁이 있고, 그곳을 지나 안으로 들어가면 다다미방이 나왔다. 다다미 8장 넓이(약 13제곱미터)쯤 되는 방에 작은 탁자가 놓여 있었다. 나는 그 앞에 무릎을 꿇고 앉아서 주위를 휙 둘러보았다.

아줌마는 곧장 부엌으로 가더니, "아직 맥주는 마시면 안 되지." 하며 세면대 쪽으로 사라졌다.

"고맙심더…… 신경 쓰지 마이소."

나는 다리도 펴지 못한 채 사방을 두리번거렸다. 시계 소리가 몹시 크게 들렸다. 그러고 보니 이 집에는 텔레비전이 없다.

아줌마는 맥주와 주스를 가지고 와서 "에구구." 소리를 내며 앉았다.

"저……."

"응?"

"아줌마, 정말 고맙심더."

"인사는 됐어. 사실은 고마워할 일도 뭣도 아니야. 보다시피 아줌마는 부자가 아니라서 변변히 대접도 못 하고 말이야."

"재워 주시는 것만으로도 충분합니더."

"아줌마도 말이야, 처음에는 재워 줄 생각이 없었어. 그런데 가게 사람들이 모두 네 얘기를 하는 거야. 불쌍해라, 어쩌려는 걸까, 하고. 그러면서 아무도 뭔가 해 줄 생각은 하지 않는 거야. 그게 화가 나서 말이야. 그래서 다들 불쌍하다 불쌍하다 하니까 불쌍한 사람이 생기는 거다, 하나도 불쌍하지 않다, 저 젊은 애한테는 한층 더 성장할 기회다, 그리고 평생 잊지 못할 추억이 될 거다, 하고 말해 줬어. 어쨌거나 다들 말뿐이고 정작 자기가 할 수 있는 일은 생각도 하지 않는다니까. 자, 건배하자."

"아…… 네……."

우리는 캔을 땄다.

"건배!"

아줌마는, 말투는 좀 무뚝뚝해도 웃는 얼굴이 아주 근사했다. 이런 사람을 정말로 상냥한 사람이라고 하는 거겠지. 그런 생각을 하면서 오렌지 주스를 한 모금 마셨다.

"일이 어떻게 된 건지는 대충 알았어. 뭐, 거짓말을 한 건 네 잘못이지만, 일이 이렇게 된 이상 어쩔 수 없지. 하지만⋯⋯."

아줌마는 벽에 걸린 시계를 흘끗 보았다.

"이제 집에 전화해서 제대로 말씀드려야 하지 않겠니."

"그렇죠? 마음은 무겁지만 그럴게요."

"걱정할 필요 없어. 좀 혼나더라도 몇 년 지나면 전부 좋은 추억이 될 거야. 아줌마가 네 엄마라면, 이번 기회에 며칠 혼자 고생해 보라지, 그럴 거야."

"아줌마, 나중에 좋은 엄마가 되시겠는데요."

"하하, 그건 좀 웃기 힘든 농담인데. 좋은 엄마가 될 사람이 이런 데서 혼자 살 리 없잖아. 어쨌든 지금이야말로 남자다워질 수 있는 기회야. 한층 더 성장하라고 신이 내려 준 기회라고 생각하면 돼."

"그러게요. 아줌마 덕분에 그렇게 생각하게 됐어요."

"그러려면 우선 엄마한테 솔직히 털어놓아야지."

"그라믄 잠깐 밖에 나가서 전화하고 오께요."

"안 돼. 지금 여기서 해."

"여, 여기서요?"

목소리가 갈라졌다. 엄마와 통화하는 걸 다른 사람이 듣는다니, 조금 꺼림칙했다. 더구나 통화 내용을 생각하면 더 그랬다.

"그래. 밖에서 전화하면, 또 중요한 부분에서 거짓말로 얼버무리게 돼. 지금 또 거짓말을 하면 상황이 더 악화될 뿐이야. 잘 보이려고 거짓말을 할 생각이 아니라면, 여기서 전화해."

나는 조금 놀랐다.

확실히 아줌마 말이 맞다. 처음부터 거짓말을 할 마음은 없었다. 하지만 밖에 나가서 전화를 하면 나를 지키려고 거짓말을 할 게 뻔했다. 어쩐지 납득이 됐다.

"자, 알았으면 서둘러. 아줌마가 지켜봐 줄 테니까 얼른 전화해."

"네, 그럴게요."

나는 천천히 눈을 감고 심호흡을 한 뒤, 눈을 뜨고 휴대 전화를 꺼냈다. 밤 10시가 지났다. 부모님도 슬슬 내가 돌아올 시간이라고 생각할 터였다.

아줌마는 한 손에 맥주를 들고 생글거리며 나를 지켜보았다. 눈동자에 엄마가 자식을 보는 것 같은 따뜻함이 감돌았다.

열어 둔 창문으로 밤바람이 불어왔다. 구마모토와는 달리 시원함이 느껴졌다.

쭈뼛거리며 집에 전화를 했다. 전화는 엄마가 받았다. 두서없긴 했지만, 그럭저럭 상황을 쭉 이야기하고 일이 어쩌다가 이렇게 되었는지도 설명했다. 그러고는 몇 년 만인지 모를 말을 입에 올리며 전화기에 대고 머리를 숙였다.

"정말, 잘못했심더……."

엄마는 처음엔 놀라는가 싶더니, 놀라움이 노여움으로 바뀌는가 싶다가, 이내 안도로 바뀌었다. 조금 지나자 화를 낸다기보다는 오히려 어이없어했다. 그러고는 한숨을 한 번 내쉬더니 신세지고 있는 마사미 아줌마를 바꿔 달라고 밝은 목소리로 말했다.

"아줌마, 엄마가 바꿔 달라는데요."

"그래."

아줌마는 웃으면서 망설임 없이 내 휴대 전화를 받아 들었다.

"네, 네……. 아니요, 천만에요. 네…… 네……. 괜찮습니다. 그런…… 마음 쓰지 마세요. 네."

대화 내용은 들리지 않았지만, 엄마가 무슨 말을 했을지는 대충 상상이 됐다.

한동안 이야기를 나눈 뒤에 아줌마가 내게 전화기를 내밀었다.

"한 번 더 얘기하고 싶으시대."

"고맙습니다."

전화기를 받아 들었다. 엄마는 웃고 있는 것 같았다. 아줌마에게 진심으로 고마웠다.

"친절한 분을 만나서 다행이다. 난중에 답례할라니까 다나카

씨네 주소하고 전화번호 알아 온나."

"응…… 알았다. 응…… 우예든동 돌아갈 테이까 걱정하지
마라."

어떻게든 빨리 전화를 끊고 싶었다.

전화를 끊고 보니, 아줌마는 전화를 걸기 전과 마찬가지로 웃
으며 나를 보고 있었다. 열린 창으로 먼 곳을 지나는 전철 소리
가 희미하게 들려왔다. 침묵을 깨듯 아줌마가 말했다.

"그런데 어떻게 돌아갈 거니?"

"어떻……게라…… 어떻게든 해 봐야죠."

오늘 하루 잠잘 곳을 구해 우선은 마음이 놓였지만, 가장 중
요한 문제가 해결되지 않은 채 남아 있다. 아줌마의 한마디로 그
사실이 떠올랐다. 부모님이 돈을 보내 준다 해도, 직불 카드를
안 가져 왔다. 누군가에게 빌릴 수밖에 없을 텐데, 과연…….

"너 말이야, 지금 내가 돈을 빌려 주면 좋을 거라 생각하지?"

"아니요, 그런……."

"하하하, 괜찮아. 얼굴에 쓰여 있는걸."

나는 얼굴이 달아올라 고개를 숙였다. 또 정곡을 찔렸다. 돈
을 빌려서 나중에 갚으면 모든 일이 원만히 해결된다. 그렇게 부
탁하려던 참에 먼저 정곡을 찔러 오니 말을 꺼내기가 어려웠다.

내가 입을 다물고 생각에 잠겨 있자, 아줌마가 뜻밖의 말을

꺼냈다.

"나 말이야, 처음 너한테 말을 건넨 건 주위 사람들이 위선적으로 구는 게 화가 나서였어. 다들 '불쌍하다'는 말뿐이고 이런저런 이유를 대면서 아무것도 하려고 들지 않으니까, 나는 다르다는 걸 보여 주고 싶었어. 다른 누구도 아니고 나 자신한테 말이야. 그래서 우리 집에서 하룻밤 재우고 돈을 빌려 줘서 내일 집에 보낼 작정이었거든."

"네……."

나는 조금 고개를 들었다.

"그런데 네가 마음에 들었어. 돈만 빌려 주고 말면 미안하겠다 싶어."

"무슨 말씀이세요?"

더 좋은 일이 생길 거란 기대감에 나도 모르게 표정이 풀렸다.

"결심했어. 너, 네 힘으로 돌아가라. 돈은 빌려 주지 않을래."

나는 할 말을 잃었다. 무슨 말인지 잘 이해되지 않았다.

"뭘 그렇게 이상한 표정을 하고 그러니?"

아줌마는 맥주를 두 캔째 들고 웃었다. 마시는 속도가 빠르다. 하필이면 이런 때에 취해 버린 걸까?

"아니요. 저, 돈을 빌려 주기만 해서는 미안하다고 하셔서……."

"뭐야, 젊은 녀석이 한심하게!"

아줌마가 버럭 소리를 질렀다.

"규슈 남자라길래 좀 더 기개가 있을 줄 알았더니 의외로 소심하구나. 잘 들어. 생각해 봐, 이런 기회는 두 번 다시 안 와. 나한테 돈을 빌려서 돌아가고, 도착해서 돈을 보내 준다고 치자. 그렇게 한심한 추억이 또 어디 있겠니? 하지만 어떻게든 네 힘으로 돌아간다면 평생 잊지 못할 추억이 될 거야. 남자로서 자신감도 생길 거고, 안 그래?"

"듣고 보니 그렇긴 한데요……."

"아직 다른 방법을 고민하는구나. 남자는 결단을 내릴 줄 알아야 해. 우선은 그렇게 해 봐. 인생은 어떻게 될지 모르는 거야. 그러니까 고민해 봐야 소용없어. 우선은 뛰어드는 거야. 아무도 경험해 보지 못한 여름 방학이 될 거라고. 자, 하겠다고 해 봐."

내 안에서 무언가 뜨거운 것이 솟아났다. 그래, 옛날 사람들은 다 걸어서 다녔다. 나라고 못할 리 없다.

"알았어요. 어떻게든 제 힘으로 돌아갈게요!"

"바로 그거야, 젊은이! 좋았어. 잘했어. 한 번 더 말해 봐!"

"걸어서라도 돌아가겠심더!"

"한 번 더!"

"꼭 돌아가 보이겠심더!"

"하하하."

우리 둘은 함께 웃었다. 신기하게도 어떻게든 될 거란 마음이 들었다.

"표정이 좋아졌네. '꼭 하겠다'고 스스로 정한 일은 아무도 말릴 수 없어."

나는 고개를 끄덕였다. 꼭 해내겠다고 마음먹은 시점에서 이미 거의 해낸 거나 다름없는지도 모른다. 계획에 없던 여행을 앞두고 가슴이 조금 두근거렸다.

"그러면 아줌마가 지금 너한테 돈보다 훨씬 소중한 걸 줄게."

"돈보다 훨씬 소중한 거……라꼬요?"

"그래. 지금 너는 0점이야. 이대로는 돌아갈 때까지 계속 고생만 할 거야."

"0점……이요?"

어떤 점이 그렇다는 건지는 몰라도, 그런 말에 화가 나기는커녕 순순히 받아들여졌다.

"너를 이대로 내보내면 어떻게든 집에 돌아갈 수는 있을지 몰라. 하지만 이대로는 제대로 된 경험을 할 수 없어. '이런 일 다시는 겪고 싶지 않아!' 하면서 인간 불신에 빠지거나, 도회지 사람은 차갑다는 잘못된 생각을 인생의 교훈으로 삼을지도 모르지."

"……."

나는 아무 말도 할 수 없었다. 아줌마 말을 인정할 수밖에 없었다. 확실히 아줌마 말이 맞을지 모른다. 지금 나한테는 이 상황을 즐기며 내 인생에서 둘도 없는 추억으로 만들 자신 따위 눈곱만큼도 없다.

"지금 저한테 돈보다 훨씬 소중한 게 뭔데요?"

"남보다 먼저 움직이고, 남에게 도움이 되는 거야."

"……."

"너 말이지, 내가 집에 들였다고 해서 마음 푹 놓고 앉아서 내주는 차나 마시고 있어선 안 돼. 넌 손님이 아니고 식객이니까."

나는 다시 다리를 모으고 자세를 바로잡았다.

"네……."

"오늘은 괜찮아. 하지만 지금까지 집에서 했듯이 행동하면 널 재워 주기 잘했다고 생각할 사람은 아무도 없어. 불평 한마디 않고 다 받아 줄 사람은 네 엄마뿐이지. 여자 친구한테도 똑같이 굴면 사흘도 못 가서 차일 거야."

"네……."

"어느 집에서 묵건 밥 먹고 나면 설거지, 이불 깔고 개기, 목욕탕 청소, 화장실 청소, 누구보다 빨리 일어나서 쓰레기 내놓기, 방이며 복도며 계단이며 현관 청소까지 내가 질까 보냐 하는 마음으로 야무지게 해야 돼. 괜찮으니까 앉아 있으라고 해도 뺏어서라도 할 기세로 덤벼야지, 안 그럼 못써. 알겠니?"

"아, 알겠심더."

나는 바짝 긴장이 되었다. 물론 남의 집에 거저 묵겠다는 건 너무 뻔뻔스러운 생각이다. 그렇다고 무언가를 해야 한다는 생각은 전혀 못했다. 이 집에 들어와서 내가 한 행동을 돌아보고 반성했다. 틀림없이 0점이다.

"그렇게만 하면 세계 어디를 가든 공짜로 먹고 자고 할 수 있을 거야. 오히려 계속 있어 달라고 할지도 모르지. 그리고……뭐, 됐어. 나머지는 해 보면 알 테니까. 아무튼 그렇게만 하면 겁날 게 없지."

나는 긴장해서 그저 고개만 끄덕였다. 내일은 아줌마보다 일찍 일어나서 해야 할 일이 잔뜩이다.

"그러면 마음도 정했겠다, 목욕이라도 하렴."

돌이켜 보면 아침부터 땀이 마를 틈 없는 하루였다. 조금 전까지만 해도 '그러면 감사히'라며 사양하지 않았을 테지만, 먼저 하시라고 아줌마에게 양보했다.

그동안 설거지를 하고 탁자를 닦고, 아무튼 생각나는 건 다 했다.

목욕을 하고 나온 아줌마는 기특한 듯 말했다.

"실천이 빠른 건 좋은 거야. 그렇게 하면 돼."

바닥과 벽에 타일을 바른 욕실에 작고 깊은 스테인리스 욕조. 아주 오래전에 갔던 외갓집이 떠오른다. 욕조에 들어가자, 내가 어떻게 이런 곳에 와 있는지 새삼 신기했다.

'어제 이맘때쯤엔 이런 데서 목욕을 하고 있을 줄은 상상도 못했는데······.'

내일부터 또다시 예상치 못한 나날이 기다리고 있다. 마음이 조금씩 들썩거렸다.

목욕탕에서 나오기 전에 욕조를 번쩍번쩍 광나게 닦은 건 두말할 나위도 없다.

탈의실에는 내가 벗어 던진 옷 대신 티셔츠와 팬티, 바지가 준비되어 있었다. 오래 입어 낡은 옷이지만, 방충제 냄새가 나는 걸 보면 최근엔 입은 적이 없는 모양이다. 다만 티셔츠는 아무래도 새 것처럼 보였다.

옷을 갈아입고 수건으로 머리를 닦으며 방으로 돌아갔다.

"이 옷, 마음대로 입었어요."

"그러라고 놔둔 거니까 됐어. 네 옷은 빠는 중이야. 지금 널어 두면 내일까지는 마를 거야."

"이 옷······."

"그거, 아들 거야."

"아드님이 있으세요?"

"벌써 몇 년째 못 만났지만."

"그러세요……."

아주 민감한 화제인 것 같아서 그 얘기는 피하고, 다른 화제를 찾아 방 안을 두리번거렸다.

우리는 거실에 다시 자리를 잡고 앉았다.

"자, 그러면 내일부터 어떡할 건지 얘기해 볼까?"

"그래요."

우리는 다시 건배를 했다.

앞으로 어떻게 할지는 망설임 없이 결정했다.

아줌마 말로는 '청춘 18 승차권'이라는 게 있단다. 원래는 다섯 장씩 묶어 파는데, 낱장으로 파는 매표소가 역 앞에 있다고 한다. 한 장에 2천 몇백 엔이면 살 수 있는 모양이다. 그 표를 쓰면 JR 보통 전철은 하루에 몇 번이든 마음대로 탈 수 있단다. 아침 일찍 나서면 오카야마(혼슈 서부 오카야마 현의 현청 소재지) 근처까지는 갈 수 있지 않을까? 오카야마에는 삼촌이 산다. 거기까지 가면 어떻게든 될 거다.

거기부터는 어떻게든 되겠지 하며 이야기를 끝냈다.

"되도록 오카야마 삼촌한테는 신세 지지 말고 돌아갔으면 좋겠어. 이런 경험은 흔치 않으니까."

아줌마는 끝까지 몇 번이나 그런 말을 했다. 나는 이렇게도 저렇게도 받아들일 수 있는 대답을 건성으로 하는 게 고작이었다. 마음속으로 '아줌마, 남 일이라고 너무 쉽게 말하는 거 아니에요.' 하고 생각했다.

그 뒤 아줌마 아들 이야기로 흘러갔다. 아줌마한테는 올해 스무 살 되는 아들이 있단다. 아들이 중학교 들어가던 해에 이혼해서 여자 혼자 몸으로 키웠단다. 그런데 아들이 고등학교에 진학할 무렵 아줌마 건강이 나빠져서 일을 할 수 없게 되었다고 한다. 그 와중에 헤어진 남편이 친권을 주장하고 나섰단다. 아줌마는 그 일로 상당히 고민한 모양인데, 결국 아들의 앞날을 생각해서 그쪽으로 보내고 혼자 살기로 마음먹었다고 한다.

내가 입은 옷은 아줌마 아들이 중학교 3학년 때 입던 것이었다. 바지 길이로 보아, 키 작은 아줌마만 봐서는 상상할 수 없을 만큼 덩치 큰 중학생이었던 모양이다. 나는 아저씨가 키 큰 사람이었나 하는 아무짝에도 쓸데없는 생각을 했다.

아줌마는 그런 일들을 웃으며 알려 주었다. 아마도 나한테 이야기를 하면서 아들이 자란 모습을 상상했을 것이다.

"안 만나세요?"

"글쎄. 그 뒤로 한 번도."

"분명히 만나고 싶어 할 거예요, 아드님."

"그럴지도 모르지. 하지만 이유야 어떻든 자식을 버린 엄마가 먼저 만나고 싶단 말은 못 하지. 마침 중학교 3학년은 감수성이 예민한 시기잖아. 정 떼느라고 마음에도 없는 말을 해야만 했어."

"거짓말하셨어요?"

"그래. 무슨 일이 있어도 나랑 같이 있겠다며 말을 안 들어서 '난 혼자 사는 게 좋아. 너랑 헤어져서 내 인생을 살고 싶어.' 그랬지. 그랬더니 그날로 제 아버지한테 전화해서…… 제 아버지가 데리러 와서…… 그래서 가 버렸어. 이제 돌이킬 수 없게 돼 버린 거지. 지금 네 처지랑 같아. 지금은 시즈오카(혼슈 중남부 시즈오카 현의 현청 소재지) 제 아버지 집에서 살아."

아줌마는 웃는 얼굴이었지만 눈에 눈물이 글썽였다.

"이 티셔츠는……."

"그건 있지, 그 아이 생일 선물로 산 거야. 보낼까 해서. 그런데 못 보냈어."

"아줌마, 혹시 해마다 산 거 아니에요?"

"그래. 하지만 결국엔 못 보내. 나, 너한테 잘난 듯 말할 입장이 못 돼. 나도 용기가 없으니까."

"보내요."

"안 돼. 그 애가 지금 행복하다면, 내가 방해하면 안 되잖아."

"그치만 기다릴지도 모르잖아요."

"그걸 확인할 길이 이젠 없는걸. 그래도 분명히 언젠가는 건네줄 날이 올 거야. 그 애가 날 만나고 싶다며 와 줄 날이. 그때를 기다릴래."

나는 더 이상 뭐라고 해야 할지 몰랐다.

"맞다. 아줌마, 저하고 같이 사진 찍어요. 분명히 평생 좋은 추억이 될 거예요."

나는 가방 속에서 디지털카메라를 꺼냈다.

"그래, 그거 좋다."

우리는 함빡 웃는 얼굴로 함께 프레임 안에 들어갔다.

아줌마와 나란히 이불을 깔고 누웠다. 몸은 피곤한데 좀처럼 잠이 오지 않았다. 천장의 나뭇결이 아줌마와 아들, 두 사람 얼굴처럼 보였다. 잠든 아줌마 얼굴은 온화하고, 어쩐지 어린 여자아이 같기도 했다. 이렇게 온화한 얼굴로 자는 사람에게도 여러 가지 사연이 있다. 나는 복잡한 생각을 품은 채 천장과 잠든 아줌마 얼굴을 번갈아 쳐다보았다.

둘째 날

소중한 이들에게
솔직해지는 법

이튿날 아침, 눈을 떠 보니 옆자리 이불이 이미 치워지고 없었다.

"이런!"

아줌마는 부엌에서 분주하게 움직이고 있었다.

"안녕히 주무셨어요. 저, 일찍 일어날 생각이었는데…… 죄송해요."

"어, 젊은이. 일어났구나. 어제 그런 얘기를 해 놓고, 내가 너보다 늦게 일어나면 꼴사납잖아. 그럴 순 없지. 어째 잘 못 잔 거 같네?"

"아뇨…… 괜찮아요."

"그러면 세수하고 와. 금방 밥 되니까."

아줌마는 즐거운 듯 식탁에 두 사람분 밥을 차렸다.

내 앞에 갖가지 반찬이 놓여 간다. 아침치고는 정말 호화롭다.

"이걸로 끝."

아줌마는 밥그릇을 내 앞에 놓더니, 앞치마를 벗고 자리에 앉았다.

"자, 먹자!"

나는 고개를 까딱하고 두 손을 모았다.

"잘 먹겠습니다."

아줌마는 아들에게 이런 아침상을 차려 주고 싶었을 거다. 나는 이 순간만이라도 아줌마 아들이 되어 주고 싶었다.

"아줌마!"

"응?"

"이 계란말이 맛있어요. 이렇게 손이 많이 가는 음식을 만들어 주시다니, 고맙심더."

아줌마가 젓가락질을 멈추고 싱긋 웃었다.

"그런 얘기, 엄마한텐 한 적 없지? 그런 얘기는 엄마한테 해 드려야지. 널 위해 밥을 짓는 마음은 오늘 내가 해 주는 거랑 똑같을 테니까."

나는 힘껏 고개를 끄덕였다. 왜 그런지 눈물이 났다. 눈물을 감추려고 앞에 늘어놓은 음식을 게걸스럽게 먹어치웠다.

아줌마는 자기 반찬까지(일본에서는 밥과 국만이 아니라 반찬도 개

인별로 차려 내는 것이 기본이다) 내 앞으로 밀어 놓았다. 나는 끝까지 사양하지 못하고 배가 터지도록 먹었다. 아줌마 아들 몫까지 먹으려 했다.

"그러고 보니 엊저녁에 목욕탕이랑 화장실이랑 청소해 놨더라. 고마워."

"아니에요. 쓰는 김에 한 것뿐이에요."

"해 보니까 어떻든?"

"아무것도 안 하는 것보다 마음이 편했어요."

"그렇지? 실은 식객이라는 게 신세 지는 쪽도 스트레스가 크거든. 그러니까 네 스스로 무언가 도움이 되는 일을 한다는 느낌이 없으면 즐겁게 지낼 수가 없어."

"알 것 같아요. 제가 무언가를 돕다 보면, 저도 거기서 지내는 게 즐거워진다는 소리죠? 어제는 그걸 가르쳐 주려고 하신 거죠?"

"너, 지금까지는 그런 일 해 본 적 없지? 그런데 네가 어떤 곳에서 마음 편히 지낼 수 있는가 아닌가는, 주변 사람들이 널 위해 무엇을 해 주는가가 아니라, 네가 주변 사람을 위해 무엇을 하는가에 달려 있어. 집도 그렇고, 학교도 그렇고, 직장도 다 마찬가지야. 네가 그런 생각을 하지 않아도 그럭저럭 행복했던 건, 너희 집에선 네가 어떤 태도를 취하든 날마다 네 일을 대신 해 줄 사람이 있었기 때문이야. 그걸 잊으면 안 돼, 알았지?"

아줌마 말대로다. 나는 집안일을 도운 적이 없다.

쓰레기 내놓기, 내 방 말고 다른 방 청소, 화장실과 목욕탕 청소, 식사 준비, 설거지, 모든 걸 당연한 듯이 엄마가 해 주었다. 그래도 부모님이 나한테 나가라고 하지 않은 건, 거기가 우리 집이고 자식이 부모에게 응석 부리는 게 당연하다고 여기기 때문이다. 우리 집 말고 다른 곳에서 통할 리가 없다.

아침을 다 먹고 숨을 한 번 훅 내쉰 뒤, 조용히 눈을 감고 두 손을 모았다.

"잘 먹었습니다."

지금까지 살면서 아침 식사가 이렇게 고마운 적이 없었다. 배는 가득 찼지만, 지금 이 기분 그대로 엄마가 해 준 아침밥을 먹고 싶었다.

눈을 뜨니 아줌마가 만족스런 웃음을 짓고 있었다.

나는 아줌마에게 어제부터 생각한 일을 전했다.

"아줌마, 저 오늘 아줌마 아드님 만나러 갈래요."

아줌마는 나를 만난 뒤 처음으로 당황한 표정을 지었다.

신주쿠(도쿄 도를 이루는 23개 특별구 중 하나로 도쿄 도청이 있다) 역 플랫폼에서 중앙선 전철을 기다렸다. 해는 서쪽으로 기울고,

시계는 5시를 가리켰다. 아마 오늘 하루는 도쿄를 벗어나지 못한 채 끝나겠지. 엊저녁 여행을 앞두고 느낀 두근거림은, 내가 생각해도 한심하리만치 깨끗이 사라져 버렸다.

플랫폼은 사람으로 꽉 차서, 그것만으로도 피로가 몰려왔다. 아줌마가 애써 빨아 준 티셔츠도 결국 땀에 절어 버렸다.

드디어 도착한 주황색 전철에 떠밀리듯 올라타선 기치조지 (도쿄 도를 이루는 26개 시 중 하나인 무사시노 시 기치조지 역을 중심으로 한 거리)로 향했다. 지갑에는 이제 몇십 엔밖에 남지 않았다.

아줌마 집을 나와 2시간 30분쯤 들여서 아들이 산다는 시즈오카의 어느 마을까지 갔다. 아줌마가 가르쳐 준 주소를 들고 아줌마 전남편이 사는 집에 도착했을 때는 정오가 가까웠다. 나는 아줌마한테 받아 온 손목시계를 들고 현관 앞에서 기다렸다.

어젯밤 아줌마한테 해마다 아들 생일 선물을 샀지만 지금까지 한 번도 전해 주지 못했다는 얘기를 들었다. 아줌마는 올해 아들이 성년이 되는 걸 기념해 손목시계를 샀다며 보여 주었다.

"아들한테 전해 준다는 건 기대도 하지 않았는데, 그 애도 이제 어른이라는 생각을 하니까 진지하게 고르고 있지 뭐야."

한 손에 맥주를 들고 시계를 바라보던 아줌마 모습이 인상적이었다. 그 순간 아줌마 대신 이걸 전해 주자고 마음먹었다.

시즈오카는 어차피 집에 가는 길에 있다. 마침 일일 자유 승차권은 하루에 몇 번을 타든 괜찮다고 하니까, 쓱 건네주고 곧장 전철을 타면 그럭저럭 오카야마까지 갈 수 있을 터였다.

아줌마는 몇 번이나 싫다고 했지만, 끝까지 거부하지는 않았다.

"아줌마가 뭐라든 저는 갈 거예요. 아줌마한테 신세를 졌잖아요. 그런 일이라도 해 드리지 않으면 제 마음이 편칠 않아요."

마침내 아줌마가 승낙해 주었다.

'그러면 잘 부탁해.' 같은 말은 입도 뻥긋하지 않았다.

아줌마는 잠시 생각에 잠겼다가 휙 돌아서더니, 방에서 메모지를 가지고 와 말없이 내밀었다. 거기에 주소가 적혀 있었다. 아줌마는 어쩐지 부끄러워하는 듯했다.

아줌마한테 손목시계와 하루치 주먹밥을 받아들고 역 앞 매표소로 갔다. 매표소가 문을 열자마자 '청춘 18 승차권'을 한 장 사서 하행 전철에 뛰어올랐다.

쥐 죽은 듯 고요한 그 집 현관에서는 상상했던 것보다 훨씬 더 나이 먹은 할아버지가 나왔다.

"저기…… 다니 유타 씨 계신가요?"

할아버지는 잠시 골똘히 생각하는 표정으로 내 얼굴을 지그

시 바라보더니 천천히 물었다.

"유타 친구인가?"

"아니요. 저…… 친구라고 해야 되나. 마사미 아줌마한테 신세를 져서, 그…… 유타 형한테 전해 주고 싶은 게 있어서 찾아왔는데요."

할아버지는 작은 소리로 "마사미한테……."라고 하더니, 고개를 몇 번 끄덕였다. 그러다가 문득 생각난 듯 입을 열었다.

"뭐, 서서 얘기하는 것도 뭣하니까 들어오게. 차라도 한잔하지." 하고 나를 불러들였다.

아줌마 아들은 나가고 없는지 집 안은 찬물을 끼얹은 듯 조용했다. 달리 사람 기척도 나지 않았다.

할아버지는 천천히 공들여 차를 탔다. 나는 되도록 빨리 전철을 타고 서쪽으로 가고 싶어서 자꾸 손목시계로 눈이 갔다. 결국 할아버지가 차를 가져다줄 때까지 참지 못하고, 부엌에 있는 할아버지 등에 대고 물었다.

"유타 형은 늦게 와요?"

할아버지는 내 질문에 대답하는 대신 다른 질문을 던졌다.

"마사미는 지금 어디 살지?"

"가와사키요."

"아아, 그러면 자네는 가와사키 사람인가?"

"아니요, 저는 구마모토에서 왔어요. 도쿄에 나왔다가 곤경에 처한 걸 아줌마가 도와주셔서요. 보답이랄 건 없지만, 아줌마가 형 성년 축하 선물로 사 둔 물건을 전해 주기로 했어요."

"그러면 이제 구마모토로 돌아갈 건가?"

"네, 그래서 되도록 빨리 여길 뜨고 싶은데요……."

"그거 참 큰일이구먼……."

할아버지는 마침내 차를 가져다 내 앞에 놓아 주었다. 그러고는 천천히 앉았다. 어쩐지 안 좋은 예감이 들었다.

"미안하지만, 유타는 이 집에 없어."

나는 그 자리에 얼어붙었다.

할아버지가 해 준 이야기는 이랬다.

유타 형은 아버지와 사이가 나빴다. 이 근방에서 유명한 명문고에 입학했는데, 아버지가 명문대에 가야 한다며 공부를 강요했다. 그럴수록 유타 형은 집에서 멀어졌다. 결국 고등학교 2학년 여름 방학 때 집을 나가 버렸다. 그 무렵에는 아버지도 아들의 대학 진학을 포기한 터라 "맘대로 해라." 하고 한마디 했을 뿐 배웅조차 하지 않았다고 한다.

유타 형은 지금 도쿄 기치조지에서 미용사로 일하고 있단다. 자세한 주소는 모르지만, 딱 한 번 전화가 왔을 때 할아버지한테만 가게 이름이 'K'라고 알려 줬다고 한다.

"일이 이리 되어서 미안하지만, 나도 벌써 4년 가까이 못 봤구먼."

"그래요……."

나는 힘없이 중얼거렸다.

"마사미 아줌마 선물을 여기서 맡아 주실 수는 없어요? 그러면 언젠가 유타 형이 돌아왔을 때 형한테……."

할아버지는 내 말이 끝나기도 전에 고개를 휘휘 저었다.

"안됐지만 그럴 일은 없을 게야. 유타는 여기에 좋은 추억이 하나도 없어. 돌아올 생각은 없을 게야. 게다가 아비한테 맡기면 버릴지도 몰라. 어쩌면 소중하게 보관할지도 모르지. 어쩔지 모르겠구먼. 언제 올지도 모르는데 내가 맡아 두는 것도 좋은 방법이 아니고. 내가 앞으로 몇 넌이나 더 사는지 모르니까. 미안하지만 젊은이, 자네가 그걸 갖고 돌아갈 수밖에 없을 것 같구먼."

나는 꾸벅 고개를 숙여 인사하고 그 집을 나왔다.

현관에서 배웅해 주던 할아버지가 웃으며 말했다.

"마사미가 자네에게 친절히 대해 준 까닭을 알겠구먼. 자네는 우리 유타를 꼭 닮았어."

나는 뒷일을 어찌할까 생각하며 역까지 걸어갔다. 왔던 길을 되짚어갔는데도 어디를 어떻게 지났는지 기억도 나지 않는다.

정신을 차리고 보니 벌써 역 개표구 앞에 와 있었다.

결국 어떡하면 좋을지 정하지 못했다. 이대로 서쪽으로 갈까 아니면 아줌마 아들을 찾으러 도쿄로 돌아갈까…….

시계를 보았다. 오후 1시 반이 넘었다. 우물쭈물할 틈이 없었다. 서둘러 결단을 내려야 했다.

결국 나는 상행 전철을 탔다. 왔던 길을 되짚어 아줌마 아들을 찾으러 가기로 했다. 이 시간에 서쪽으로 가도 묵을 곳은 없다. 도쿄 방면이면 아줌마 집에 하룻밤 더 묵을 수 있을지도 모른다. 그렇게 생각하고 내린 결론이었다.

기치조지 역에 내려 먼저 파출소를 찾아갔다. 미용실 'K'를 찾는 일은 생각보다 간단했다. 몇 분만 걸어가면 되는 거리였다. 나는 거의 뛰다시피 미용실로 갔다. 심장이 마구 고동쳤다.

가게 앞에 도착해서 유리문 너머로 안쪽을 살폈다. 차례를 기다리는 손님이 네 명쯤 있었다. 일하는 사람은 여기서 보이는 것만도 여섯 명. 어쩌면 안쪽에도 더 있을지 모른다.

나는 출입문을 밀고 들어갔다. "어섭쇼!"라는 말이 들렸다. 그게 '어서 오십시오.'라는 걸 깨닫는 데 몇 초가 걸렸다. 가게 안은 냉방이 잘 되어 온몸의 땀이 순식간에 쑥 들어갔다. 한 여자가 내 쪽으로 손을 뻗었다. 가방을 받아 주겠다는 몸짓이었다.

"예약하셨습니까?"

"아니요, 그게 아이라……."

"지금 가게가 무척 붐벼서 한참 기다리셔야 합니다만……."

점원은 박박 민 내 머리를 보더니, 비로소 내가 손님이 아니라는 걸 깨달았다.

"무슨 용건이십니까?"

"저, 여기에 다니 유타란 분 계신가요?"

"다니 말입니까? 네, 있습니다. 하지만 오늘은 쉬는 날입니다."

왠지 모든 일이 잘 풀리지 않는 것 같았다.

"하아, 그래요."

나는 힘없이 대답했다.

"저, 무슨 용건이신가요?"

"유타 형 어머니한테 부탁을 받아서……."

내 말을 들었는지 점장처럼 보이는 사람이 손을 멈추고 이쪽으로 걸어왔다.

"유타 어머니한테 부탁받았다고? 정말?"

"네, 정말이에요."

"흐응……."

그 사람은 가위와 빗을 든 채로 손을 턱에 대고 잠깐 생각하는 시늉을 했다.

"그러면 잠깐 기다려 줄 수 있어?"

"아…… 네……."

나는 대기실에서 해 저무는 거리를 바라보며 시간을 보냈다. 어제는 몰랐지만 도쿄는 구마모토에 비해 빨리 어두워진다. 그러고 보니 어제 새벽녘, 막 잠이 들려는데 하늘이 부옇게 밝아 와서 시계를 보았더니, 생각보다 이른 시간이라 깜짝 놀랐던 기억이 났다.

미용실에는 어린 친구들이 여럿 일하고 있었다. 내 또래로 보이는 여자아이가 다가왔다.

"좋아하는 잡지라도 있으신가요? 적당히 가져왔는데, 따로 좋아하는 게 있으면 말씀하세요. 차는 여기에 놓겠습니다. 차갑게 식혀 둬서 맛있을 거예요."

"아, 네…… 고맙습니다……."

그 아이는 곧바로 옆자리 손님을 샴푸대로 안내해서는, 즐거운 듯 이야기를 나누며 목에 수건과 미용실에서 쓰는 비닐 망토를 둘러 줬다. 뭔가 멋져 보였다.

나는 대학에 진학할 생각이다. 그렇다고 입시 공부를 시작한 건 아니다. 나는 중학교나 고등학교를 졸업하자마자 일하는 사람은 불쌍하다는 편견을 갖고 있었다. 그러면 여름 방학도 없고, 지금은 통하는 온갖 떼쓰기도 통하지 않는다. 세금도 내야 한다.

그런데 이 사람들은 나 같은 것보다 훨씬 더 즐겁게 자기 삶을 책임지며 살고 있다. 다들 어른이고, 생기가 넘친다. 말을 걸어도 제대로 대답조차 못하는 나는 그에 비하면 어린애 같아서 부끄러웠다.

한 시간쯤 기다렸을 때 드디어 점장이 말을 걸었다.

"미안, 미안. 좀처럼 손이 비지를 않아서 말이야."

점장은 나를 가게 안쪽에 있는 직원 휴게실로 데려갔다.

"유타 어머니한테 부탁받았다는 것 말인데."

"네. 정확히 말하면 부탁받았다기보다 제가 자청한 건데요."

"잠깐, 그럼 넌 유타 동생이나 뭐 그런 거야?"

"아뇨. 그게 아니라, 생판 남인데요."

나는 점장에게 그간 있었던 일을 죽 설명했다.

"뭐어? 그렇구나. 일이 좀 재밌게 됐구나."

"저한테는 웃을 일이 아닌데요."

"아니, 아주 좋은 경험이야. 내일이면 유타도 출근하니까 맡아 줄까 생각했는데, 그런 일이면 직접 전해 주는 게 좋겠어."

"그건 곤란한데요. 지금이라도 전철을 타고 조금이라도 서쪽으로 가야지, 안 그러면 표를 더 쓸 수가 없어서……."

"지금부터 서쪽으로 가서 어디에 묵을 건데? 오늘은 우리 집에서 재워 줄 테니까, 내일 네가 직접 건네줘. 이제 와서 서쪽으로 조금 간대도, 여기 있는 거랑 별다를 거 없잖아. 그보다 오늘 밤 잠잘 곳을 찾는 게 먼저라고 생각하지 않아?"

나는 완전히 캄캄해진 바깥을 보았다. 지금이라도 출발하면 날짜가 바뀌기 전에 시즈오카 언저리까지는 갈 수 있을지 모른다. 하지만 거기까지 가 봤자 점장 말대로 묵을 곳이 없다.

"직접 건네주고 싶지 않니?"

이렇게 된 이상 오늘 움직이는 건 포기하자. 시즈오카에서 돌아올 때 이미 이렇게 될 줄 알았다.

"알았어요. 그럼 신세 좀 질게요."

"그러면 가게 끝날 때까지 여기서 기다려 줘."

"고맙심더."

점장은 일을 하러 돌아갔다.

나는 직원 휴게실을 둘러보았다. 직원 휴게실은 어수선해서 청소하는 보람이 있을 것 같았다. 창문은 몇 년이나 닦지 않은 듯했다. 나도 모르게 웃음이 났다. 아줌마한테서 낯선 곳에 머무르며 즐기는 법을 배워 두길 정말 잘했다는 생각이 들었다. 아무것도 하지 않으면서 폐점 시간까지 기다린다면, 앞일을 생각하며 불안에 떨기나 할 거다. 내가 봐도 꼴사나운 표정을 짓고 있을 게 뻔하다.

하지만 지금은 이곳에서 즐기는 법을 알고 있다. 오로지 청소에만 매달리자. 모두가 기뻐하도록 번쩍번쩍하게 만들자. 가게가 바빴는지 중간에 휴게실에 얼굴을 디미는 사람은 한 명도 없었다. 덕분에 나는 두 시간 남짓을 오롯이 청소에만 매달릴 수 있었다. 시간 가는 줄 모르고 청소를 한다는 건 정말로 즐거운 일이었다. 이런 상황에서 마음에 안정을 주는 게 청소라니, 생각도 못했던 일이다. 하지만 진짜로 즐거워져서 신기했다. 지금까지 학교에서도 제대로 청소해 본 적 없는 내가, 스스로 생각해도 웃길 만큼, 마치 딴 사람처럼 청소를 즐기고 있는 것이다.

점장을 시작으로 직원들이 하나둘 일을 마치고 돌아올 즈음, 나는 한손에 걸레를 들고 벽에 묻은 담뱃진을 닦고 있었다.

"너, 뭐 하니?"

"아, 일하느라 애쓰셨지요. 조금이라도 도움이 됐으면 해서, 청소하고 있었어요. 만지면 안 될 것 같은 건 안 건드렸어요."

"와, 기특하네. 전부 번쩍번쩍하잖아. 이 방이 이렇게 깨끗해지다니!"

점장뿐 아니라 다들 기뻐했다.

아까는 내 자신이 어린애처럼 느껴졌지만, 지금은 정반대로 자신감이 넘친다. 어디에서든 살아갈 수 있을 것 같다. 이 순간 나는 강하다.

폐점한 뒤에도 가게 청소를 거들면서 여러 사람들과 친해졌다. 처음에 잡지를 갖다준 여자아이는 나보다 세 살이나 많았다.

점장 집은 기치조지에서 전철로 몇 정거장 가면 나오는 아파트였다.

"점장님은 몇 살이세요?"

"나? 서른셋이야."

"서른셋에 자기 가게도 있고, 이래 좋은 아파트에 살다니 대단하네요."

"대단할 거 없어. 가게는 빚내서 열었고, 이 집도 임대야. 하하하."

기하라 점장은 자물쇠를 열고 집 안으로 들어가더니, 옷장에서 티셔츠와 반바지를 꺼내 왔다.

"이거면 될까? 자, 이거 받아. 얼른 샤워하고 나올 테니까, 너도 샤워해. 그다음에 뭐든 먹으러 나가자."

기하라 점장이 차로 데려간 곳은 라면집이었다. 텔레비전에 자주 나오는 유명한 가게라는데, 구마모토에서는 그런 방송을 본 적이 없다.

그다음에는 모처럼 도쿄에 왔으니까 밤거리를 드라이브하자고 했다.

"너, 아까 내가 샤워하는 동안에 개수대에 쌓인 그릇들 설거지했지?"

"식객이니까 그 정도는 해야죠."

"하하하, 너라면 어딜 가도 재워 줄 거야. 뭣보다 그 까까머리가 좋아. 시골서 온 티가 나잖아."

"고맙습니다."

"사실은 나도 시골에서 올라왔어. 중학교 땐 그런 까까머리였지."

"점장님 고향은 어디예요?"

"내 고향? 이시카와(혼슈 중부 후쿠시마 현에 있는 시골 마을)야. 논밖에 없는 마을이 싫어서 말이야. 마을에서 벗어나려면 대학에 가는 게 가장 간단한 것 같아서 좋아하지도 않는 공부를 했지. 간신히 도쿄에 있는 삼류 대학에 합격해서 얼씨구나 하고 상경했어."

"그러면 대학 졸업하고 지금 하는 일을 시작했어요?"

"아니. 대학은 1년 다니고 관뒀어. 학교엔 가지도 않고 놀러만 다녔으니 당연한 일이지. 학교 밖에서만 친구를 사귀고 정작 학교에는 친구가 없었거든. 대학이라는 덴 친구가 없으면 진급하는 것도 큰일이야. 너도 곧 알게 될 테지만 말이지. 그런데 이 친구들이 밤마다 놀러만 다니는 녀석들인 거야. 학교엔 가지도 않고 아르바이트해서 번 돈으로 놀고, 그러다 그걸로 부족하니까 등록금으로 받은 돈까지 손을 대고 말이야. 뭐 전형적인 먹고 놀자 대학생이었지. 결국엔 학교 갈 맘도 없어지고 학비도 못 내게 돼서, 부모님 몰래 자퇴했어. 보기 좋게 중퇴한 거야."

"안 들켰어요?"

"어머니는 다 알고 계셨어. 아버지한테는 숨기셨던 모양이지만 말이야. 들키지 않을 리가 없는데, 들키지 않은 줄 알았지. 나중에 들어 보니까, 학교에 안 간 거며, 등록금을 안 낸 거며, 자퇴서를 낸 것까지 죄다 집으로 연락이 갔던 거야. 나만 아무것도 모르고 2년쯤 대학 다니는 척하면서 보내 주는 돈을 받아 썼지. 그래도 등록금 보내 달라 소리까지는 못 하겠어서, 아르바이트하니까 어떻게든 알아서 하겠다고 잘난 척 큰소리치면서 얼버무렸어. 결국엔 이 아르바이트 저 아르바이트 전전하면서 노는 데만 푹 빠져 지냈지."

"어머니는 계속 아무 말씀 안 하셨어요?"

"어, 계속 모른 척하셨어."

"부모님이 아신다는 건 언제 알았는데요?"

"대학교 관두고 2년 지나서. 어머니가 병으로 쓰러져서 입원을 하셨다기에 오랜만에 집에 갔다가 아버지한테 들었어. 어머니는 무슨 일이 있어도 나를 믿어 주셨대. 그래서 아무 말도 안 했대. 언젠가 꼭 설명해 줄 거라고 줄곧 믿어 주셨던 거야. 그런데 나는 계속 부모님을 속였어."

"어머니는……."

"괜찮아. 눈 시퍼렇게 뜨고 살아 계셔. 후유증 때문에 말하고 걷는 게 좀 시원찮긴 하지만 말이야."

나는 수많은 고층 아파트에 불이 켜지는 걸 보면서, 엄마의 웃는 얼굴을 떠올렸다.

"오늘 우리 가게 분위기 어땠어?"

"뭐랄까, 다들 활기차고 즐거워 보였어요. 그리고 다들 상냥하다 캐야 되나, 따뜻하다 캐야 되나."

"우리 가게 모토는 '감사' 야. 모든 일에 감사하면서 일하자는 거지."

"그런 게 전해졌어요."

"손님에게 감사. 만남에 감사. 일할 수 있는 것에 감사. 가게 이름 'K'는 말이야, 감사의 K이기도 해."

"기하라의 K인가 했어요. 굉장히 좋은 가게였어요."

"부모님 마음도 모르고 정신없이 놀기만 하던 불효자가 '감사' 라니 어이없지? 하지만 누가 뭐라든, 그때 나는 달라지기로 마음먹었어. 나를 믿고 기다려 준 어머니를 위해서라도. 이미 늦었을지 몰라도, 내가 할 수 있는 건 그것뿐이라고 생각했어. 그래서 미용 학교를 나와서, 이 업계에 들어왔지. 지금은 아버지 어머니 모두 나를 인정해 주셔. 그런 일도 있었으니까, 우리 직원들한테는 늘 부모님을 소중히 여기라고 말하지. 부모님 생신은 쉬는 날이야, 우리 가게에선. 그런 직장 보기 힘들걸. 그날 하루는 부모님께 고맙다고 말씀드리거나, 편지를 써서 갖다 드리거나, 다들 나름대로 고마움을 전하게 해."

"저도 부모님께 감사하지만, 창피해서 그런 짓은 못할 것 같아요."

"그건 누구나 마찬가지야. 미용사가 되고 싶어서 우리 가게에 온 직원 중에는, 예전에 엇나가서 부모님 속을 썩였던 녀석들이 많아. 하지만 그 부분에서 솔직해질 용기가 없으면 일도 할 수 없다고 따끔하게 가르치지. 고등학생 때는 아직 그런 용기가 없어도 괜찮아. 하지만 사회에 나와서까지 그러면 안 돼. 자기 잘못을 인정하고 솔직히 사과하고 고맙다고 말할 용기가 없는 녀석은 행복해질 수 없어."

"뜨끔한데요."

"이 여행이 좋은 기회야. 거짓말해서 어머니께 걱정 끼쳤지? 오늘 밤, 사과와 감사를 담은 편지라도 써 둬. 분명 너희 어머니는 그걸 평생 보물로 삼으실 거야.

"그럴게요."

"하하하, 꽤 고분고분하네. 뭐, 조금쯤은 걱정 끼쳐도 괜찮아.

이번 경험을 통해서 지금보다 두 배 세 배 성장해 돌아가면, 어머니도 분명히 기뻐하실 거야. 뭐, 이건 자식 입장에서 멋대로 생각하는 거지만 말이야. 그건 그렇고, 이런 데서 모르는 형이랑 드라이브할 거라고는 생각도 못했지? 자, 왼쪽을 봐. 도쿄 타워야."

늦은 밤, 수도 고속 도로에서 바라보는 도쿄 타워는, 텔레비전에서 보던 것보다 크고 오렌지색으로 빛났다. 주변에도 고층 건물이 숲을 이루고 있어서, 도쿄 전체가 일렁이는 빛의 물결 같았다. 땅이 어디인지조차 알 수가 없었다. 그야말로 대도시다.

"유타는 말이야, 다른 누구보다 동료들이랑 손님들한테 감사 인사를 받는 일이 많고, 남이 기뻐할 만한 일 하기를 좋아해. 하지만 부모님 일에는 전혀 마음을 열지 않았어. 아버지는 그쪽에서 만나고 싶어 하지 않으니까, 만나지 않는 게 잘하는 일이란 소리만 하고. 어머니는 없다고 들었거든. 네가 유타 어머니한테서 물건을 맡아 왔대서 정말 깜짝 놀랐어."

"그랬어요? 아줌마는 유타 형을 잠시도 잊은 적 없을 걸요. 해마다 생일 선물을 사서 전해 주지도 못하고 그냥 갖고 계셨더라고요."

"유타도 기뻐할 거 같은데. 어머니가 어떤 생각으로 자기를 아버지한테 보냈는지, 녀석도 분명히 알고 있을 테니까. 그러니까 어머니의 행복을 위해서, 어머니한테 부담이 되지 않으려고 아버지한테 가기로 결심했을 거야. 하지만 거짓말인 걸 알아도 '혼자 살고 싶다'고 한 건 어머니잖아. 유타가 먼저 만나러 갈 수는 없었을 테지. 계속 연락이 오길 기다린 거 아닐까?"

"아줌마는 반대로 말했어요. 스스로 손에서 놓아 버린 아이를 자기가 먼저 만나러 갈 수는 없다고."

"거참, 상대방 기분을 지나치게 배려하는 것도 문제구나."

"그러게요……."

"거기에 우연히도 사랑의 큐피드, 네가 나타난 거지. 왠지 우연이라기보다는 처음부터 정해져 있었던 일 같은데."

그 말에 나는 흠칫했다.

지금 내가 겪고 있는 일들이 죄다 마구잡이로 일어나는 우연이라고만 생각했다. 그런데 따로따로 떨어져 사는 모자가 있고, 그 둘이 서로를 끔찍이도 생각해서 언젠가는 예사로 만나거나 같이 살기를 바랐다면, 그 계기가 찾아온 건 우연이 아니라 필연일지 모른다. 그렇다면 내가 그 두 사람에게 찾아온 건 필연인가?

집에 돌아오자 기하라 점장이 편지지를 꺼내 줬다. 나는 거기다 엄마에게 보내는 편지를 썼다. 편지가 도착할 무렵, 나는 어디에 있을까?

셋째 날

파출소에
끌려가다!

이튿날 아침, 기하라 점장을 따라 가게에 간 나는 한동안 벌린 입을 다물지 못했다. 훤칠하니 큰 키, 통 좁은 가죽 바지에 민소매 셔츠, 희고 윤곽이 뚜렷한 얼굴, 긴 머리를 살짝 파마한 미남이 나를 기다리고 있었다. 어디 한군데 나랑 닮은 부분이 없었다. 나도 모르게 "할아버지……." 소리가 튀어나올 뻔했다. 아무튼 드디어 마사미 아줌마 아들, 유타 형을 만났다.

"아줌마가 이걸 전해 달라고 하셔서요."

나는 아줌마한테 받은 손목시계를 유타 형에게 건넸다.

"이걸…… 어머니가?"

"네. 해마다 형 생일에 선물을 사서 전해 주지도 못하고 모아 두셨더라고요."

유타 형은 손목시계가 든 상자를 받아 들더니 한동안 꼼짝 않고 바라만 보았다.

나는 메모지 한 장을 내밀었다.

"저기…… 이건 제가 부탁드리는 건데요, 형이 아줌마를 만나러 가 주세요. 아줌마는 지금 여기 살고 계세요."

"나한테…… 내가 갈 수는……."

"유타! 만나러 가!"

직원들이 말했다.

"지금 갔다 와!"

그중 한 사람이 나를 가리키며 말했다.

"이 녀석은 널 위해 제 주머니를 다 털어서 여기까지 와 줬어."

유타 형은 고개를 떨군 채 두 손으로 상자를 움켜쥐었다. 그러고는 꼼짝도 하지 않았다.

기하라 점장이 유타 형 어깨에 손을 얹었다.

"유타, 네 마음이 어떨지 알아. 하지만 너도 어머니 마음 알지? 해마다 아들 생일 선물을 사는 분이야. 그런 어머니가 널 만나고 싶지 않을 리가 있겠어? 둘 다 자기한테는 만나러 갈 자격이 없다, 만나러 갔다가 미움받으면 어쩌나 생각하고 있어. 하지만 둘 다 만나고 싶어 해. 그럴 때는 어느 쪽이 행동해야 하지?"

"그건…… 그건……."

"그래, 알잖아. 용기가 있는 쪽이야. 오늘을 놓치면 이제 기회가 없을지도 몰라. 이 꼬마를 위해서라도 네가 용기를 내야 하지 않겠어?"

유타 형은 잠시 생각한 뒤 말없이 고개를 끄덕였다.

"좋았어! 오늘 유타는 휴가다. 지금 당장 다녀와!"

"어, 잠깐만요. 지금요?"

"그래. 자자, 꾸물거리지 말고."

유타 형은 반쯤 떠밀리듯 가게 밖으로 나갔다. 형은 쫓겨나서도 잠시 머뭇거렸다. 하지만 곧 "고맙습니다!" 하고 허리를 굽혀 인사한 뒤 뛰어갔다. 고개를 들었을 때, 유타 형은 웃고 있었다. 틀림없이 만나러 갈 테지. 아줌마가 기뻐하는 모습이 떠올랐다.

유타 형을 배웅한 뒤, 직원들의 시선이 약속이나 한 듯 나를 향했다.

"이번에는 네 차례야. 이제부터 어떻게 할 생각이니?"

나는 자전거에서 내려 밀면서 걸어갔다. 평소에 늘 자전거를 타고 다니기 때문에 아무리 타도 지치지 않을 자신이 있었다. 하지만 장시간을 타다 보니, 무릎은 후들거리고 허리는 아프고 엉덩이는 안장에 닿기만 해도 욱신거린다.

더구나 이 자전거는 인도와 차도를 오르내리기만 해도 그 충격으로 체인이 벗겨진다. 높이 차이도 별로 안 나는데 그렇다.

여기 올 때까지 체인을 네 번이나 고쳤다. 그 바람에 양손에 온통 시커멓게 기름때가 끼었다.

이 자전거 애칭은 '핑크 팬더'라는데, 무척 빠를 것 같은 이름하고는 전혀 딴판이었다. 타이어에 공기가 없어서 체력만 소모될 뿐 도무지 앞으로 나가질 않았다. 정말이지 울고 싶은 심정이었다.

서너 시간이면 아쓰기(가나가와 현의 중앙에 자리한 도시)에 닿을 줄 알았는데, 사람들이 가르쳐 준 246번 도로로 나올 때까지 몇 번이나 길을 헤맸다. 그 바람에 사방이 캄캄해진 뒤에야 겨우 가와사키를 지나 요코하마(가나가와 현의 현청 소재지)에 들어섰다. 거기까지 이미 네 시간이 걸렸다. 한창 더운 시간을 피하는 게 좋다며 출발 시간을 늦춘 일이 후회됐다.

요코하마에 들어선 뒤 꽤 시간이 지났다. 나는 허기와 피로와 근육통으로 비틀거리며, 길고 완만한 오르막길을 자전거를 밀면서 올라갔다. 그런데 갑자기 뒤에서 자전거가 다가오는 게 느껴져 길가로 비켜섰다. 그냥 지나갈 줄 알았던 자전거는 '끼이익' 브레이크 소리를 내며 내 옆에 멈춰 섰다. 자전거에 탄 사람이 말을 걸어 왔다.

"어이, 잠깐!"

나는 느릿느릿 그쪽으로 고개를 돌렸다. 경찰이다.

'이런!'

나는 순간적으로 등을 쭉 폈다.

"전조등 켜야지."

"아, 죄송해요……."

"아니, 그보다 전조등이 없니?"

"네…… 죄송합니다……."

경찰관은 누가 봐도 거동이 수상한 까까머리에게 이런 질문을 하는 것쯤 당연하다는 태도였다.

"이 자전거, 네 거니?"

"아니요……. 저…… 빌린 거예요."

"누구한테?"

"기치조지에 있는 미용사한테요."

"기치조지? 너, 기치조지에서 왔니?"

"아니요……. 그게…… 저는…… 지금은 기치조지에서 왔지만……."

"너, 집이 어디니?"

"구마모토요."

"구마모토?"

경찰관은 던지는 질문마다 종잡을 수 없는 대답을 내놓는 까까머리가 어이없는지, 웃으며 내 얼굴을 빤히 쳐다보았다.

"너, 고등학생이니?"

"네…… 그런데요."

나는 여전히 긴장한 채 쭈뼛거리며 경찰관의 얼굴을 마주 보았다.

"이름은?"

"아키즈키 가즈야요."

"지금 어디로 가는 길이지?"

"아쓰기요. 야마모토라는 형이 이 자전거를 빌려 줬는데, 그형 부모님 댁에 자전거를 돌려주러 가는 길이에요."

나는 야마모토 형네 집 주소를 적은 종이쪽지를 보여 주었다. 경찰관은 손전등을 비추어 자전거 방범 등록 번호를 살펴보았다.

"일단 조회해 볼까."

혼잣말하듯 말하더니 무전을 쳤다.

"어째서 구마모토 사람이 기치조지에서 일하는 미용사 자전거를 타고 아쓰기에 가는 거니?"

"어, 그게 말이죠……. 얘기하자면 길어지는데요……."

"상관없어. 여기서는 통행에 방해가 되니까 파출소로 갈까? 가깝거든."

파출소란 말을 들은 순간, 난 아마 일그러진 웃음을 지었을 것이다.

오타라는 젊은 경찰관은 처음엔 조서 같은 걸 쓰려고 했던 모양이다. 하지만 내 이야기를 좀 듣더니 검은색 노트를 덮었다. 심지어 간간이 웃기까지 하면서 한결 누그러진 표정으로 이야기에 빠져들었다. 중간에 시원한 차와 과자도 내주었다.

나는 긴장한 탓에 쉽사리 경계심을 풀지 못했다. 하지만 결국엔 허기와 갈증을 참지 못하고 차건 과자건 주는 족족 먹어 치웠다.

"하하하, 배가 많이 고팠구나?"

오타 씨는 웃으며 과자를 더 가져다주었다.

"그렇구나. 그러니까 기치조지에 있는 미용실 K에서 일하는 야마모토라는 청년이, 자기 고향 아쓰기에 장거리 트럭 운전수가 모이는 유명한 라면집이 있으니까 거기서 태워 줄 사람을 찾는 게 어떠냐고 제안했단 말이지. 그럴 거면 자기 자전거를 빌려줄 테니까, 그걸로 아쓰기까지 가서 자기 고향집에 놔두면 된다고 한 거고."

"그렇죠……."

"거참, 재미있는 경험을 하고 있네. 지금은 재미있다는 생각 따위 할 겨를이 없을지 몰라도, 아마 넌 평생 잊을 수 없는 경험을 하고 있는 건지 몰라. 틀림없어. 그런 경험을 하는 친구를 만나다니, 나도 운이 좋은걸."

"그런가요?"

"그래. 넌 아마 평생토록 날 기억할 테니까. 뭐, 그런 건 아무래도 좋아. 이제 어떡할 거니? 예정대로 자전거를 갖다줘도 되지만……."

오타 씨는 말을 하다 말고 시계를 흘끗 보았다. 어느새 10시가 넘었다.

"지금부터 그 주소를 찾아가서 자전거를 전해 주고 네가 말한 라면집에 간다고 치자. 손이랑 얼굴에 기름이 새까맣게 묻은 데다 온몸이 땀에 전 젊은이를 태우고 장시간 드라이브해 줄 사람을 찾기는 어려울걸. 게다가 보아하니 많이 피곤한 것 같은데."

유리에 비친 내 얼굴을 보았다. 확실히 기름 때문에 새까맣다. 무심결에 얼굴을 비빈 모양이다.

"사실, 난 오늘 근무 끝났거든. 이제 돌아갈 참이야. 괜찮으면 우리 집에 갈래? 이렇게 만난 것도 인연인데. 물론 자전거 먼저 돌려주고. 깨끗하게 씻고 요기도 좀 하고 푹 쉰 다음에, 내일 널 태워 줄 만한 사람을 같이 찾아 줄게. 어때?"

"그래도 괜찮아요?"

"물론이지. 그전에 네가 해야 할 일이 하나 있지만."

"뭔데요?"

"너희 집에 전화하는 거야."

"알았어요. 전화 좀 빌려도 될까요?"

"당연하지. 자, 편하게 써."

오타 씨가 손바닥을 펼쳐 전화기를 가리켰다. 검은색 파출소 전화기는 무척 낡은 데다 수화기가 묵직했다.

어제는 전화를 안 했는데도 엄마는 별로 걱정하는 기색이 없었다. 오히려 질렸다는 듯 물었다.

"그래서 지금은 오데고?"

목소리로 짐작컨대 기분이 나쁘지는 않은 것 같았다.

"파출소."

이 말에는 엄마도 좀 놀란 모양이었다. 하지만 곧바로 오타 씨라는 경찰관 댁에서 묵게 되었다고 하자 마음을 놓는 듯했다.

야마모토 형 고향집은 찾기 어려운 곳이었다. 문패도 없어서, 나 혼자였다면 헤매느라 또 시간을 잡아먹을 뻔했다. 오타 씨는 종이에 쓰인 주소를 한 번 보고 파출소 벽에 붙은 지도를 흘끗했을 뿐인데도, 조금도 헤매지 않고 나를 야마모토 씨 댁까지 데려다 주었다. 역시나 경찰관이다.

그 뒤, 우리는 오타 씨 집으로 갔다.

넷째 날

내 삶의
주인이 되는 법

이튿날 아침이 밝았다. 전날 쌓인 피로가 남았을까 걱정했지만, 다행히 오타 형보다는 일찍 일어날 수 있었다. 눈에 띄는 대로 한바탕 청소를 하고 함께 아침을 먹었다. 그러고 나서 오전에는 오타 형의 취미 활동을 거들었다. 근육 트레이닝이었다. 오타 형의 방에는 벤치 프레스와 덤벨이 빼곡히 놓여 있다.

"보조해 줄래?"

처음 그 말을 들었을 때는 어떻게 해야 할지 막막했다. 그런데 머리맡에 서서 형이 밀어 올리는 역기를 당겨 올리는 게 내역할이란다.

오타 형은 벤치에 눕더니 역기 양쪽 가장자리에서부터 손바닥으로 거리를 쟀다. 그러고는 적당한 위치를 찾아 양손으로 꼭쥐고 곧장 "후욱! 후욱! 후욱!" 하고 괴상한 소리를 내며 숨을 내

쉬었다. '후욱' 소리가 점점 빨라졌다. 오타 형 몸에서 나온다고
는 상상도 할 수 없는 그 소리에, 나는 그만 웃음을 터트릴 뻔했
다. 그 순간 오타 형이 얼굴이 시뻘게져서 역기를 밀어 올리는
바람에 당황해서 힘주어 끌어올렸다. 힘겨웠다. 그런 트레이닝
이 한 시간쯤 이어졌다. 어쩌다 보니 나도 같이 하게 되었는데,
체력이 달려서 창피했다.

"트레이닝은 매일 하세요?"

"매일은 아니야. 일주일에 한 번 정도인가…… 쉬는 건."

오타 형이 코를 벌름거리며 말했다. 조금 지나고 보니 나름대
로 개그를 하려는 건가 싶었다. 오타 형은 우스운 얘기를 할 때
면 꼭 코를 벌름거렸다.

그날은 마침 오타 형이 쉬는 날이어서, 점심때까지 내가 이제
껏 겪은 이야기를 들어 주었다. 그런 뒤, 둘이 함께 차를 타고 나
갔다. 형은 아쓰기 라면집보다 고속 도로 휴게소를 찾는 게 더
쉬울 거라며, 고속 도로를 타고 아시가라 휴게소(도쿄와 나고야를
잇는 토메이 고속 도로에 있는 휴게소. 후지 산이 보이는 휴게소로 유명하
다)를 향해 서쪽으로 나아갔다. 이 여행을 시작한 뒤 처음으로 집
에 가까워지는 기분이 들어 가슴이 두방망이질 쳤다.

"그런데 말이야, 가즈야. 지금까지 묵은 집마다 늘 그렇게 일

찍 일어나서 현관이랑 목욕탕이랑 화장실 청소도 하고 설거지도
하고 그런 거니?"

"공짜로 묵게 해 주시니까 그 정도는 해야겠다 싶어서요."

"어, 가정 교육을 잘 받았구나. 그렇게 해 주면 계속 있어도
좋겠단 생각이 들더라. 넌 어딜 가더라도 살아남겠어."

"거짓말이에요."

"어…… 뭐가?"

"사실은 맨 처음 재워 주신 아줌마 댁에 갔을 때는, 멍하니 앉
아서 아무것도 안 했어요. 그랬더니 아줌마가 그래서는 제대로
된 식객이 될 수 없다고 야단을 치셔서 그때부터 하게 됐어요."

"그래? 야, 정말 좋은 걸 배웠구나."

"저도 그렇게 생각해요. 처음에는 마지못해 했는데, 막상 해
보니까 푹 빠졌다 캐야 되나. 제가 좋아서 하고 있더라꼬요. 정
말 이상하죠. 고생스러운 게 아니라, 오히려 즐거워서 자꾸자꾸
하고 싶어지더라꼬요."

"그렇지. 아냐, 그게 당연해. 왜 그런지 알겠니?"

"모르겠어요. 제가 생각해도 정말 신기하거든요."

"그건 네가 사람이니까 그래."

"사람……이니까?"

"그래, 사람이라서."

"제가 사람인 거랑 남의 집 청소가 즐거운 거랑 무슨 상관인데요?"

"사람은 말이야, 아니, 사람만이라고 하는 게 맞을 것 같은데, 누군가 기뻐하는 모습을 보기 위해 모든 걸 다 던져 버릴 수 있어. 물론 너는 모든 걸 던져 버리진 않았지만 말이야. 널 재워 준 사람이 기뻐하는 모습을 보면서 너도 행복을 느꼈을 거야. 사람은 남이 기뻐할 일을 했을 때, 자기도 똑같은 기쁨을 얻을 수 있어. 그러니까 누가 시키지 않아도 청소를 하게 되는 거지. 실제로 이렇게 하면 저 사람이 기뻐하겠지 생각하면서 청소하지 않았어?"

"정말 그러네요. 청소하는 내내 형님이 알면 기뻐하겠지 생각했거든요. 혼자 히죽거리면서 화장실을 닦았어요."

"네가 가는 데마다 고생 안 하고 잠자리를 구할 수 있었던 건, 상대도 같은 생각을 했기 때문이야. 나도 그래. 구마모토에서 온 소년이 딱하게 됐으니 뭔가 해 줘야지 생각한 건, 네가 기뻐할 일을 해 줬을 때 나도 너 이상으로 기쁘기 때문이야. 가와사키의 아줌마도 그렇고, 기치조지의 미용사도 아마 마찬가지였을걸."

"그런가요. 그래도 좀 의외예요. 제가 남이 기뻐하는 일을 하고 좋아하게 될 줄은 생각도 못 했거든요. 어찌 보면 기분 나쁜 놈이었을지도 몰라요. 남이 기뻐하는 모습을 보면 짜증이 나가

꼬……."

"학교라는 데가 쓸데없는 열등감을 부채질하기도 하니까. 다른 사람이 뭘 해냈다거나 인정받았다 하면, 꼭 자기가 부정당한 기분이 들기 쉽지. 하지만 실제로는 어떤 사람이든 누군가 기뻐하는 모습을 보고 싶다, 그러기 위해 뭐든지 할 수 있다, 그렇게 생각하는 구석이 있거든. 그 마음을 자각했으면 소중하게 여기는 게 좋아."

나는 말없이 고개를 끄덕였다.

"게다가……."

오타 형은 의미심장한 웃음을 띠었다.

"게다가?"

"가즈야. 너, 여자 친구 없지?"

"어! 저……."

나는 갑작스러운 물음에 당황한 기색을 숨기지 못했다.

"그런 게 자연스럽게 되는 사람은 인기가 있지."

"그……그런가요."

여자 친구가 없는 걸 오타 형이 알아맞혀서 초초해진 탓일 거다. 나는 조금 불퉁해선 창밖을 보았다.

"진짜야. 믿어 봐. 지금 너라면 충분히 인기를 얻을 수 있어. 집에 돌아가면 좋아하는 애한테 고백해 볼래?"

"좋아하는 아 없어요, 별로……."

"거짓말 마. 좋아하는 애가 없는 녀석 따위 없어."

"진짜로 없어요!"

"하하하, 그래? 알았다, 알았어. 근데 좀 아쉽네. 고백할 맘이 있으면 상대가 백 퍼센트 넘어오게 할 방법을 전수해 주려고 했는데……."

"……."

나는 최대한 관심 없는 척했다.

양쪽으로 산을 끼고 쭉 뻗은 도로 앞쪽으로 후지산이 보였다.

"형님은 많은 사람이 기뻐하는 얼굴을 보고 싶어서, 그러니까 남을 돕고 싶어서 경찰이 됐어요?"

"그래……라고 대답할 수 있으면 멋질 텐데, 안타깝게도 아니야. 물론 지금은 그런 마음으로 날마다 사람들을 도우려 하지만. 처음부터 그러려고 경찰이 된 건 아니야. 사람들이 물어보면 늘 적당히 둘러댔는데, 너한테는 진짜 이유를 말해 줘야겠지."

"진짜…… 이유요?"

"약해 빠진 나를 참을 수 없었어. 나도 너나 다를 게 없어. 나를 방어하려고 거짓말을 한 게 발단이었어."

"거짓말?"

"중학교 1학년 때인데, 초등학교 때부터 친하게 지내던 친구

둘하고 점심시간에 운동장에서 축구를 했어. 보통은 공을 교실에서 가져가는데, 그날은 일단 밖에 나가서 뭘 할지 정하기로 했지. 그런데 밖에 나가 보니까 축구부 부실 문이 열려 있는 거야. 공이 잔뜩 쌓여 있으니까 그걸 가져다 썼어. 우리 말고도 거기서 공을 가져다 쓰는 애들이 있었거든. 그런데 그 애들은 축구 부원이었어. 나는 아니었고. 하지만 그런 것까지 생각하지는 못했어. 그냥 빨리 놀고 싶은 마음밖에 없었거든. 셋이서 드리블도 하고 서로 공을 빼앗기도 하면서 놀고 있었어. 그러는 사이에 나 빼고 나머지 둘이서 일대일로 공 쟁탈전을 벌이게 되었는데, 둘 중 누구 발에 맞았는지 공이 멀리 튀어 버렸어. 둘이 앞다퉈 공을 쫓아갈 때였어. 한 명이 옆에서 날아온 주먹에 세게 얻어맞았어. 아무 예고도 없이 말이야. 나는 조금 떨어져 있었는데, 놀라서 그 자리에 얼어붙었어."

"축구부 선배였어요?"

"맞아. 그것도 아주 무서운 선배였어. 운 나쁘게도 내가 고른 공은 다른 거랑 다르게 공식전에서 쓰는 비싼 가죽 공이었나 봐. 그 선배랑 우리는 어른이랑 아이만큼이나 체격 차이가 났는데, 쓰러진 친구 멱살을 쥐고 일으켜 세우더니 냅다 던지는 거야. '네가 써도 되는 공이 아니잖아!' 하면서 말이야. 그러고는 땅바닥에 쓰러져 있는 친구를 발로 한 세 번쯤 퍽퍽퍽 찼어, 힘껏.

같이 공을 쫓아가던 친구는 부들부들 떨면서 보고만 있었는데, 그 선배가 이번에는 그쪽으로 눈을 돌린 거야. 그 녀석은 계속 '잘못했어요, 잘못했어요.' 하면서 꼬리 내린 강아지처럼 떨고 있었지. 그런데도 선배는 봐주기는커녕 똑같은 짓을 똑같은 횟수만큼 하는 거야."

"형님은……."

"그래, 문제는 나였지. 그때 내가 말렸으면, 그 공은 내가 골랐다고 솔직하게 말했으면, 좀 더 자신만만하게 살 수 있었을 거야. 그런데 그러질 못했어. 조금 떨어진 데서 겁에 질려 아무것도 못하고 가만히 서 있었지. 아니, 그뿐이면 그나마 나아. 운이 나쁘다 해야 하나, 그 선배가 내 시선을 느꼈어. 1학년 둘을 집어 던져서 때려눕힌 다음, 패 줘야 할 녀석이 더 있나 주위를 두리번거린 거야. 그러다 나랑 눈이 딱 마주쳤지. 그 순간 '이 자식, 너도냐!' 하고 버럭 고함을 쳤어."

"윽, 절체절명의 순간이었네요."

"그래, 나도 그렇게 생각했어. 그리고 순간적으로 도리도리 고개를 저어 버렸어."

"그건……."

마음이 복잡했다. 끔찍한 일이다. 만약 내가 같은 처지였더라도 오타 형이랑 마찬가지로 행동했을 거다. 반대로 그 친구 입장이었다면 틀림없이 오타 형을 용서할 수 없었을 거다.

"선배는 공을 주워 들고 자리를 떴어. 하지만 걸레처럼 너덜너덜해져서 고개 숙이고 울던 두 아이 눈이 내 모습을 똑똑히 보고 있었어. 나는 둘한테 다가가지도 못하고 그 자리에 못 박힌 듯 서 있었어. 이윽고 둘은 서로 '괜찮아?' 하고 물으면서 일어서더니, 분해서 눈물을 뚝뚝 흘리며 교실로 돌아갔어."

오타 형은 운전을 하면서 어딘지 먼 곳을 보는 듯한 얼굴을 했다.

"그때 일은 지금도 뚜렷이 기억해. 약한 내가 싫었어. 어째서 용기를 내지 못했을까 몇 번이나 후회했어. 물론 그 둘하고도 끝났지. 그뿐 아니라 같은 학년 친구들 사이에서도 비겁자 취급을 당했어. 정말 힘들었지만 변명조차 할 수 없었어. 그때부터 몸을 단련했어. 몸을 단련하면 자신감이 생기지 않을까 해서 말이야. 가라테에 유도까지 배웠지, 오로지 강해지고 싶어서. 그리고 경찰이 되기로 했어. 누구를 돕고 싶어서라기보다는, 한심한 나를 용서하려면 이 길밖에 없다고 생각했거든. 그런 일이 벌어질 때 용기를 갖고 뛰어드는 게 경찰이라고 어린애 나름대로 생각한 거지, 뭐."

"형님은 용감해요. 제가 형님하고 같은 입장이었다면 똑같이 괴로워했을지는 몰라도, 다시 일어서서 강해질라꼬 할 수 있었을지는 영 자신이 없네요."

"무작정 강해져야만 용기가 솟아날 거라고 생각해서, 가라테에 유도까지 하면서 몸을 단련했지. 그런데 정작 용기를 내는 데 필요한 건 강함이 아니었어."

"그게 무슨 말씀이세요?"

"용기를 내기 위해 필요한 건 애정이야."

"애정……이요?"

"그래, 애정. 상대에게 관심을 갖는 것, 인간 자체를 사랑하는 것, 그게 없으면 한 발도 내디딜 용기가 나질 않아. 너도 곧 알게 될 거야. 아까도 말했지만, 사람은 남이 기뻐하는 얼굴을 보기 위해서라면, 돈 따위 받지 않아도 여러 가지 일을 할 수 있거든. 상대가 사랑하는 사람이라면 더 말할 필요도 없지. 사랑하는 사람이 기뻐하는 얼굴을 보기 위해서라면, 어떤 일이든 열심히 하게 되어 있어."

"형님, 사랑하는 사람이 있나 보네요."

"응? 아니…… 뭐, 그래. 다음 달에 결혼해."

"앗, 그래요? 축하드려요!"

"고마워. 어, 아시가라 휴게소까지 2킬로미터 남았네. 금방 도착할 거야."

"형님, 그 전에 한 가지 물어보고 싶은데요."

"뭔데?"

"상대가 백 퍼센트 넘어오게 하는 고백 방법……."

"뭐야, 역시 관심 있었구나. 하하하."

여기서 들을 기회를 놓치면 평생 후회할지도 모른다고 생각했다.

오타 형은 휴게소에 도착하자 "같이 찾아볼까?" 하고 물었다. 나는 "괜찮아요. 혼자 해 볼게요." 하고 체면을 차렸다. 여기까지 왔으니 어떻게든 내 힘으로 돌아가자, 그런 마음이 강했다.

"안에서 커피 마시고 있을 테니까 태워 줄 사람이 있으면 알려 줘."

오타 형은 레스토랑 안으로 사라졌다. 아무도 태워 주지 않으면 오타 형 집으로 돌아가서 작전 변경이다.

나는 커다란 트럭에서 내리는 사람들을 살펴보았다. 트럭에 쓰인 글자와 번호판을 보면 행선지가 어디인지 대강 알 수 있다. 되도록 규슈 쪽으로 가는 트럭을 얻어 타는 게 좋은데, 좀처럼 찾을 수가 없었다. 관광버스는 많았다. 어쩌면 이 시간에는 트럭이 별로 움직이지 않는지도 모른다.

'일단 서쪽이면 아무 데나 괜찮아. 데려다 줄 사람을 찾자.'

규슈까지 타고 가겠다는 분에 넘치는 생각을 버리고, 주차장

끝에서부터 샅샅이 물어보기로 했다.

트럭에 다가가 보고, 그 크기에 기가 죽었다. 시동을 켜 둔 차도 있었는데, 안에서 잠깐 눈이라도 붙이는지 나올 기미를 보이지 않았다.

드디어 나를 신경 쓰는 사람이 나타났다. 그런데 펀치 파마(건달들이 주로 하는 짧고 꼬불거리는 파마)에 콧수염, 선글라스를 낀 모습이 무척 위험해 보였다. 나는 말을 걸 용기를 잃고, 고개만 까딱해 보인 뒤 잰걸음으로 자리를 떴다. 설령 멀리까지 데려가 준다고 해도, 저렇게 무서운 사람은 사절이다.

차 안에서 단둘이 어떤 얘기를 나누면 좋을까? 아니, 얘기라도 하면 그나마 낫다. 아예 말이 없다면 견딜 수 없다. 훨씬 붙임성 좋아 보이는 사람을 찾자.

다음 트럭 운전석을 들여다볼 때였다.

"어이, 총각. 뭐 하노?"

소리에 돌아보니 아까 본 펀치 파마 아저씨보다 훨씬 박력 넘치는 스킨헤드 아저씨가 눈에 들어왔다. 턱수염에서 위압감이 느껴졌다. 어깨에 수건을 걸치고 손에는 샴푸 따위가 든 바구니를 들었다.

"저, 저 말이에요?"

"어, 달리 누가 있노?"

"저, 그게…… 어디까지든 상관없으니까, 태워 줄 분을 찾고 있어요."

"고등학생이가?"

"네."

"오데로 가고 싶은데?"

"서쪽이면 어디까지든 괜찮은데요."

"오데서 왔노?"

"저, 구마모토요."

"따라온나."

"예?"

"태워 주께. 퍼뜩 온나."

"어…… 저기……."

"퍼뜩 오라이까, 까까머리. 탈 끼가 말 끼가?"

"탈게요. 고맙심더. 근데 잠깐만 기다려 주시면 안 돼요? 저, 여기까지 태워 주신 분이 저쪽에서 기다리거든요. 잠깐 인사만 하고 오께요."

"5분 주께. 여기서 네 번째 있는 저 트럭이다. 알겠제?"

"알겠심더. 금방 가께요."

나는 오타 형에게 뛰어가 인사를 했다. 오타 형이 손을 내밀었다. 나는 할 수 있는 한 고마움을 담아 오타 형의 손을 마주 잡았다.

"꼭 다시 만나자!"

"네, 꼭이요."

나는 돌아서서 뛰었다. 눈물이 날 것 같아서 돌아볼 수가 없었다.

멋진 만남, 그리고 헤어짐. 모두가 무척 친절하게 대해 주었다. 그것만이 아니다. 모두에게 아주 소중한 것을 배웠다. 하지만 아무것도 돌려주지 못한 채 헤어져야 한다. 그런 생각에 눈물샘이 느슨해졌다.

그런데 주차장을 달리는 동안, 그런 생각은 점차 사라져 갔다. 감상에 빠질 새도 없이, 다시 새로운 만남이 기다리고 있었다. 지금은 앞을 보고 나아가는 일이 더 중요하다.

트럭은 에히메 현(일본 열도를 이루는 4대 섬 중 가장 작은 섬인 시코쿠 북서부에 있는 현) 번호판을 달고 있었다.

"기다리시게 해서 죄송해요."

"어, 올라온나."

대형 트럭 조수석에는 처음 앉아 보았다. 무척 높아서 창밖으로 보이는 경치가 승용차하고는 딴판이었다. 어쩐지 내가 대단한 사람이 된 것 같아서 가슴이 두근거렸다.

"경치 좋제?"

"네. 어쩐지 두근두근하네요."

"마, 처음에만 그렇다. 간데이."

"네. 저, 성함이⋯⋯."

"야기시타."

"야기시타 아저씨, 잘 부탁드립니다."

"푸하하하하. 딱딱하게 굴 거 없다. 인자부터 마쓰야마(에히메 현의 현청 소재지)까지 가야 되는데, 말 상대가 생겨서 나도 심심찮고 좋다. 내리고 싶으면 은제든지 말해라. 오사카든 마쓰야마든, 그 중간도 괜찮다."

"고맙심더."

박력 넘치는 외모와는 달리, 아저씨는 무척 솔직하고 정감 있는 사람이었다. 언뜻 무섭게 느껴지는 밀두에도 금방 익숙해졌다.

차가 점점 서쪽을 향해 나아갔다. 내 마음도 점점 밝아졌다.

"니도 참 바보다. 그깟 자존심이 뭐라꼬. 인자부터라도 그리 깝깝시럽게 살지 마라. 머시마라면 직접 만든 쥐 탈하고 같이 찍은⋯⋯ 거 뭐꼬, 합성이라는 게 뻔히 보이는 사진을 갖고 가가 친구들한테 웃음을 살 정도 근성은 있어야제."

"친구들한테 웃음을⋯⋯ 사라꼬요?"

"글치. 거짓말을 없었던 일로 할라꼬 혼자 가 봐야 재미 한

개도 없을 기 뻔한데, 일부러 디즈니랜드까지 가서 사진만 달랑 찍어 가믄 우짤 긴데? 니는 니 생각밖에 안 하나? 그걸 보여 주는 순간을 생각해 봐라. 니도 좋은 마음으로 보여 줄 리 없지. 니를 추궁한 친구들도 면이 안 서지. 구경하는 놈들은 또 어떻고. 웃음도 없고, 감동도 없고. 그뿐이가, 그 사진을 보는 놈들이 마음속으로 뭔 생각을 할지 상상을 해 봐라. '그 뒤에 혼자 디즈니랜드 갔던 모양이네.' 카고 누가 알아채믄 최악이다 아이가. 근데 그럴 가능성이 높다 아이가? 아무한테도 득 될 기 없다. 니나, 추궁한 친구들이나, 주변에서 구경하는 놈들도 다 시시할 기라. 근데 니가 그걸 웃음으로 바꾸는 기라. 집에 굴러댕기는 잡지에서 잘라 낸 사진에 니 얼굴 사진을 풀로 딱 붙이가, 요상한 사진을 만들어서 당당하게 보여 주는 기라. 그래도 손해 볼 놈은 하나도 없다. 니도 재미난 놈이 되고. 니를 추궁했던 친구들도 면이 서고, 구경하는 친구들도 웃고 끝난다 아이가. 니 혼자 살아 볼라 카니까 일이 꼬이는 기라. 거짓말 좀 해도 괘안타. 다른 놈들 기죽일라꼬, 지 체면이나 차릴라꼬, 거짓말하는 꼴사나운 짓은 하지 마라. 그보다는 다 같이 웃을 수 있을라믄 우얄찌 생각해야 하는 거 아이겠나."

야기시타 아저씨 말은 아주 지당했다. 나는 내 체면만 생각했다. 날 추궁한 후미야까지 고려하라는 말을 듣고 내 행동을 돌이켜 보니, 정말로 쪼잔한 녀석이나 할 만한 짓이라는 생각이 들었다.

"아저씨 말씀이 옳심더. 그렇게 해야 됐어요. 전 그런 거, 생각도 못하고…… 제 체면 지키는 데만 급급해서. 그렇게 해서 다른 사람 체면을 구기는 것쯤 아무렇지 않다고 생각했다 캐야 되나…… 아무 생각도 안 했다 캐야 되나……. 그치만 아저씨 얘기를 듣고 나니까 내가 참 쪼잔한 인간이구나, 참 꼴사납구나 싶어서 좀 부끄럽심더. 아저씨 되게 멋지시네요."

"잠깐만! 니, 그거 녹음할 테이까네 한 번만 더 말해 도. 집에 가서 마누라한테 들려줄란다."

야기시타 아저씨는 휴대 전화로 녹음하는 시늉을 했다.

나는 주저하면서도 한 번 더 말했다.

"아저씨 되게 멋지시네요!"

"이야, 그런 소리 오랜만이다. 그러니까 니 말이다, 오늘 15분마다 한 번씩 그 소리 좀 해라."

야기시타 아저씨는 농담인지 진담인지 종잡을 수 없이 진지한 얼굴로 말했다. 나는 진심으로 "알았심더." 하고 대답했다.

야기시타 아저씨는 나를 흘끔 보며 말했다.

"총각, 머리가 영 굳었네. 좀 더 즐겁게, 좀 더 자유롭게 살아라. 인생이라는 게 뭐 별거 있나."

"즐겁게, 자유롭게…… 네…… 알았심더."

"뭐, 됐고. 총각, 꿈은 있나?"

"꿈이요…… 아직 없는데요……."

"어이, 고등학교 졸업하면 우짤 긴데?"

"고등학교 졸업하면 대학 가서, 제가 하고 싶은 일을 찾아서, 취직하지 않을까요. 아직은 막연하지만."

"그럼, 니가 생각하는 최고의 인생은 뭐꼬?"

"잘은 모르겠는데, 좋은 대학 나와서 월급 많이 주는 안정된 대기업에 취직하는 게 최고 아닐까요……."

"아아, 그만 됐다, 됐다. 정말로 젊은 놈들이 다 니 같다고 생각하믄, 이 나라도 앞날이 뻔하다. 니 같은 멍충이는 이거나 써라."

야기시타 아저씨는 글로브 박스에서 안경을 꺼내 내 무릎 위로 던졌다.

"안경이요?"

"그래, 멍충아! 퍼뜩 써라!"

"저기…… 저, 눈 안 나쁜데요."

"시끄러! 쓰라믄 써! 요새 것들은 이유를 모르면 꿈쩍도 안 할라 칸다더니 진짜네. 옛날엔 마, 선배가 쓰라 카믄 찍소리 않고 쓰는 게 당연지사였다. 근데 지금은 이래 일일이 이유를 따져

묻는단 말이다."

나는 허둥지둥 안경을 썼다.

"죄송해요. 썼어요."

"한동안 그라고 있어라."

"아, 네……."

이렇게 된 마당에 이유를 물을 수도 없다. 나는 야기시타 아저씨가 내민 안경을 쓴 채 가만히 앉아 있었다. 어째서 나 같은 멍청이는 이 안경을 쓰고 있어야 하는지도 모른 채 트럭의 기분 좋은 흔들림에 몸을 내맡기고 있었다.

야기시타 아저씨는 그만 입을 다물었다. 나는 안경을 벗지도 못하고 무언가 물어볼 기회도 놓친 채 조수석으로 다가드는 경치만 바라보았다.

그때 사이드 미러에 내 얼굴이 비쳤다.

나도 모르게 웃음이 터질 뻔했다. 진초록색 안경이 그만큼 어울리지 않았다. 게다가…….

"저기…… 아저씨. 슬슬 안경 벗어도 될까요? 저…….."

"안 된다! 니 같은 바보 자슥은 지가 바보란 걸 알 때까지 그라고 있어라!"

"그런데…… 저, 속이 조금 메스꺼운데요…….."

"내 알 바 아이다, 멍충아!"

야기시타 아저씨는 나 따위는 아무래도 좋다는 듯 계속 차를 몰았다.

도수도 맞지 않는 안경을 쓴 채로 차 안에서 흔들리다 보니, 금세 속이 울렁거렸다. 당장이라도 토하고 싶은 걸 참느라 정신이 다 아뜩해졌다.

야기시타 아저씨가 그런 내 모습을 보았는지, 곧장 깜빡이를 켜고 주차장으로 들어갔다.

"세수라도 하고 온나."

트럭에서 내려 화장실 세면대로 갔다. 얼굴을 씻고 정면을 보니, 새하얗게 질린 내가 거기 있었다.

"정말 어처구니없는 사람을 만났다 아이가."

재미있는 사람인가 싶으면, 갑자기 이상한 짓을 진지하게 요구해 온다. 도무지 종잡을 수 없는 사람이다.

나는 한숨을 내쉬고 기분을 바꾼 뒤 트럭으로 돌아갔다. 야기시타 아저씨는 내 얼굴을 보더니 씁쓸한 표정을 지으며 고개를 저었다. 내가 또 무슨 짓을 저질렀나 싶어 당황스러웠지만, 도무지 짐작 가는 데가 없었다. 어쩔 수 없이 "저어…… 세수하고 왔어요."라고 했다.

"알았다. 인자 됐으니까 올라온나."

야기시타 아저씨는 쓴웃음을 지었다.

"실례할게요."

나는 조수석으로 올라갔다.

"출발하기 전에, 니한테 하나 묻고 싶은 기 있다. 와 아직 그 안경을 쓰고 있노?"

"예? 그건…… 아저씨가 쓰고 있으라고 하셔서……."

"그래서 뭐!"

"그래서……."

나는 아무 말도 할 수 없었다. 정말 제멋대로라는 생각이 들었다. 내가 무슨 말을 하든 아무 소용 없을 것 같았다. 나는 반쯤 노여움에 떨면서, 야단맞은 아이처럼 어깨를 움츠리고 안경을 벗었다. 그러자 야기시타 아저씨가 백팔십도 태도를 바꾸어 부드러운 표정으로 이야기를 시작했다.

"잘 들어라, 총각. 누가 뭐라 카든 니 인생은 니 거다. 누가 하라 카믄 하고 하지 말라 카믄 안 하고 그런 식으로 살아서야, 니 인생을 제대로 책임이나 질 수 있겠나? 하기사 요즘 얼라들이 지가 결정한 일에 책임을 안 질라 카는 거는 다 옆에 있는 어른들 탓이다. 니는 분명히 학교에서는 우등생일 기다. 선생이 하라 카믄 해, 하지 말라 카믄 안 해. 속으로는 이 아저씨가 하는 말이 얼토당토않다꼬 생각하면서도 따르는 이유는 뭐꼬? 무서 버서? 아이믄 순순히 따르는 게 니한테 좋을 거 같아서? 혼나는 게 무섭나? 반항해서 성적이 떨어지거나 선생들한테 미움받으면 대학 가기 힘드니까 말을 듣는 기가? 뭐, 둘 중 하나겠지. 지금도 둘 중 하나였을 기고. 아이다, 벌써 그런 습관이 들어서, 아무 생각도 안 하고 맹목적으로 시키는 대로 한 건지도 모르지. 근데 그 바탕에 있는 생각이 뭐고 하믄, 이 아저씨 화내면 무서울 거 같다는 공포거나, 내가 말을 안 들어서 여기다 내려놓고 가면 어쩌지 하는 타산인 기라. 알겠나? 그런 식으로 사는 거 아이다. 선생이든 무서워 보이는 아저씨든, 불합리한 요구를 하믄 거절해라."

"그치만 옛날에는 선배가 하라고 하면 이유를 안 묻고 했다고 말씀하셨잖아요."

나는 눈에 눈물을 그렁거리면서도 부러 힘주어 말했다.

"어, 그랬지. 내가 진심으로 존경하는 선배가 하라 카믄, 이유를 알 때까지 얼마든지 할 각오가 있었지. 다만, 존경도 뭣도 안 하는 상대가 하라 카는 걸, 이유도 생각 안 하고 맹목적으로 따르지는 않았단 말이다, 이 몸은. 근데 지금 니는 우쨌노? 내를 존경해서, 와 안경을 쓰고 있어야 되는지 죽어라 생각해서 답을 찾을라고 했나? 대답은 NO다. 하라 카니까 했다. 단순히 그뿐인 거지? 잘 들어라, 총각. 니 인생은 니 거다. 니한테 일어나는 일은 다 니 책임이다. 상대가 어른이든 선생이든, 남이 하라 카는 대로 해서 뭔가를 손에 넣을라 카믄, 니다움을 잃을 수밖에 없다. 그래서 생기는 일은 다 지 탓이 아니라 남 탓이라 카면서 살겠지. 안 그렇겠나? 만약 그대로 안경을 쓰고 차를 탔으면, 니는 금방 꽥꽥거리면서 토했을 거 아이가. 그때 누구 탓이라고 생각할 끼고? 그래, 내 탓을 하겠지. 그란데 안경을 벗지 말란다고 안 벗은 건 니다. 그래 하기로 한 건 니라꼬. 반대로 내 말을 무시하고 금방 안경을 벗었다 치자. 최악의 사태는 그대로 차에서 쫓겨나는 기지. 니는 다른 차를 찾아야 되는 처지가 될 끼다. 그때는 누구 때문에 그리 됐다고 생각할 거 같노? 분명히 니가 판단을 잘못했다고 솔직히 인정할 기라. 아시가라에서 저 아저씨로 정한 내가 잘못했다. 안경을 벗은 내 탓이다 하고. 알겠나?"

"……."

그럭저럭 야기시타 아저씨가 말하려는 게 이해가 되었다. 나는 말없이 고개를 끄덕였다.

"난 니한테 얼토당토않은 일을 하라 캤다. 니는 얼토당토않다꼬 생각하면서도 니 스스로는 아무것도 생각 안 하고 하라 카는 대로 따라 했다. 그게 와 나쁘냐고 생각할지도 모르제. 그란데 말이다, 학교 선생이 하는 말에도 엉터리가 많다. 사회에 나가도 엉터리 같은 말만 하는 상사가 쌨다. 니 기준을 갖고 스스로 생각하는 인간이 되그라. 엉뚱한 놈이 하는 엉터리 명령에 따르니라, 니 인생을 엉터리로 만들지 말란 말이다. 니 결정에 책임을 지기 위해서라도, 누가 뭐라든 이것만은 들어줄 수 없다 카는 강인함을 가지라꼬. 내가 말하고 싶은 건 그기다. 알겠나?"

내 나약함을 제대로 지적당했다. 야기시타 아저씨가 말한 대로다. 지금까지 학교생활을 하면서 어느 틈엔가 그런 버릇이 붙었을 것이다. 일방적인 명령에 그저 따를 뿐인, 그런 인간이 되었다. 그게 명령이라는 이유만으로 딱히 더 생각하지도 않았다. 명령에 따르는 까닭도 따지고 보면 아저씨 말대로 공포나 타산에 다름 아니다.

"아저씨, 저기…… 고맙심더. 이제 알았어요. 저는 아저씨를 얼토당토않다고 생각했는데, 얼토당토않은 건 저였는지도 모르겠네요. 시키는 대로 하기로 한 건 저였죠. 제가 결정한 일이니까 제가 책임을 져야겠죠."

"인자 이해가 됐구마. 그래. 얼토당토않은 건, 이상한 명령을 아무 의심도 없이, 시킨다꼬 따르면서 사는 놈들이다. 상사가 팔라 카니까 몸에 안 좋은 걸 알면서도 생각 없이 팔고, 환경에 좋은지 나쁜지 생각도 안 하고 팔고. 그리 책임 회피를 하면서 살아가는 놈들이 바로 엉터리다."

내가 책임을 회피하며 산다고 생각해 본 적은 없다. 하지만 누군가 강경하게 말하면 거절하지 못한다. 이상하다고 생각하면서도 따를 수밖에 없는 건, 그 사람 탓이 아닐지도 모른다. 따르기로 한 것은 나 자신이니까. 그렇다면 따르지 않기로 할 수도 있지 않을까.

"좋다, 이제 가 보까."

야기시타 아저씨는 다시 차를 출발시켰다. 내가 화장실에서 세수를 하는 동안 사 두었는지, "이걸로 멀미 가라앉혀라." 하면서 음료수도 던져 주었다.

"고맙습니다."

"뭐, 인사치레는 됐다."

아저씨가 라디오 스위치를 켰다. 엔카(일본 민요에 뿌리를 둔 대중가요의 한 장르)가 흘러나왔다.

"역시 일본인은 엔카다. 그사?"

나는 쓴웃음을 지을 수밖에 없었다.

창밖 풍경을 바라보면서, 야기시타 아저씨에게 배운 것을 생각했다. 지금까지 어른한테 "말을 하면 좀 들어!" 하고 혼이 난 적은 여러 번 있지만, "아무 말이나 듣지 마!" 하고 혼이 난 것은 처음이다. 엉터리없는 교육이지만, 이런 걸 가르쳐 주는 어른은 정말 소중한 존재일지도 모른다.

"아저씨는 자제분이 있으세요?"

"하모, 벌써 서른이 다 된 딸이 하나 있지."

"그래요? 따님은 행복하겠어요."

"와 그래 생각하는데?"

"왜냐하면, 저는 어른한테 '말 좀 들어!' 하고 혼난 적은 있어도, '아무 말이나 듣지 마!' 하고 혼난 적은 없거든요. 그런 걸 가르쳐 주는 아버지 최고예요."

"니한테 처음 말했다."

"예?"

"딸한테는 말한 적 없다."

"그래요?"

"어, 덕분에 집을 나가 삐렀다. 나는 딸이 하고 싶은 걸 하게 해 줄라꼬 시시콜콜한 잔소리는 안 하고 키웠다. 근데 딸이 인생에서 중요한 선택을 해야 될 때, 딸이 하고 싶어 하는 일에 반대했다. 아까 니한테 했던 거하고 똑같은 일을 한 기라. 그랬더니 지가 하고 싶은 일을 마 포기하더라. 그 뒤로도 중요한 일은 늘 반대했다. 마, 내가 반대한다꼬 그만둘 일이면 처음부터 그만두는 게 낫지. 작년에는 결혼하고 싶은 놈이 있다꼬 머시마를 델꼬 왔다. 내는 '이런 놈이 니를 평생 행복하게 해 줄 리가 없다. 때리치아라!' 하고 얘기도 안 들어 보고 버럭버럭 소리를 질렀다. 그랬더니 집을 나가 삐렀다. 드디어 내 말을 안 듣고 지 일을 스스로 결정할 수 있게 된 기라."

"정말 그렇게 생각하셨어요?"

"그 놈아는 좋은 놈이다. 내 딸한테는 아까울 정도라카이. 지금도 저그 둘을 인정해 달라꼬 매달 편지를 보내 온다. 내가 마속으로는 슬슬 인정해 줘도 되겠다 싶다."

"아저씨도 솔직하지 못하네요."

"니가 그런 말을 하기에는 백만 년은 이르제. 하하하……."

"사실은 인정해 주고 싶으면서, 안 그런 척하면 따님한테 미움받아요."

"나는 말이다, 딸한테 사랑받고 싶은 기 아이고, 그저 딸이 행복하게 살아 줬으면 한다. 알겠나?"

그 순간 야기시타 아저씨 모습이 말할 수 없이 멋져 보였다. 사랑받고 싶은 게 아니라, 행복하게 살아 줬으면 한다. 그렇게 생각할 만큼 사랑하는 사람을 위해, 이 사람은 살아간다.

"그란데 니 아직도 내가 와 안경을 쓰고 있으라 캤는지 모르제?"

"어, 시킨다고 뭐든지 맹목적으로 하지 말라는 걸 가르쳐 주시려던 거 아니에요?"

"니 말이다, 내를 그렇고 그런 심술쟁이 상사하고 똑같이 취급하면 못쓴다. 그라믄 단순히 지 잘난 맛에 사는 아저씨지. 니한테 확실히 가르쳐 주고 싶은 기 있어서 안경을 씌웠다. 되나깨

나 시킨 기 아이다.”

“그런가요……. 아니, 하나도 모르겠어요.”

“별 수 없지. 내, 가르쳐 주께. 간단한 기라. 남의 안경을 쓰고 보면, 세상은 온통 참고 견뎌야 될 괴로운 일투성이다. 그걸 니한테 가르쳐 준 기다. 알겠나, 멍충아!”

“남의 안경……이요?”

“그래. 사람마다 지한테 맞는 안경이 있다. 근데 남의 안경을 쓰고 세상을 보면 어떻게 될지 니도 이제 알 거 아이가.”

“금방 속이 메스꺼워져서, 경치 같은 걸 보고 앉았을 수가 없었어요.”

“그렇게 남의 안경을 쓰고 세상을 보는 놈들이 꼭 이놈의 세상은 살기가 힘드네, 고생만 진탕 하네, 좋은 일이라고는 없네, 하고 함부로 나불거린다카이. 내 보기엔 그기 당연한 기라. 그런 놈을 보면 언제까지 남의 안경을 쓰고 세상을 볼 거냐고 한마디 하고 싶지. 니도 마찬가지다. 행복이 뭔지를 누가 어디서 뭐라 캤는지, 텔레비전에서 뭐라 캤는지, 그따우 걸로 판단하는 바보가 어디 있노. 그따우 건 다 남의 안경이다. 그대로 가면 아까처럼 세상을 바라보는 것만으로도 어질어질 울렁울렁 부대끼는 날이 올 끼다. 니가 하고 싶은 일이 뭔지, 니한테 맞는 행복이 뭔지 좀 더 제대로 생각해 봐라. 뭣도 모르면서 남이 행복이라 카는 걸 쫓아가고, 남이 가진 걸 손에 넣을라 카는 기 인생이 아이다. 니는 그런 시시껄렁한 일에 인생을 낭비할라꼬 태어난 기 아이다. 남의 안경은 치아 삐라. 남이 뭐라 카든 니가 하고 싶은 일이 뭔지 진지하게 생각해라. 다른 누구도 아이고, 니 인생 아이가. 알겠나?"

솔직히 감동했다.

확실히 내가 생각하던 이상적인 미래상은 내 안에서 나온 것이 아니었다. 대학도 꼭 가고 싶은 것은 아니었다. 취직도 잘은 모르겠지만 이름 있는 대기업에 들어가는 편이 성공한 사람 같고 남들한테도 자랑할 수 있지 않을까……. 아니, 솔직히 그런 것조차 생각하지 않았다. 영문도 모른 채, 그게 행복한 인생이라고, 어느 틈엔가 누군가 주입한 생각에 따르려 했는지도 모른다.

나는 난생처음 마음의 눈에 끼고 있던 남의 안경을 벗어던졌는지도 모르겠다. 그 순간 눈앞이 환해지는 듯했다. 지금까지 느껴 보지 못한 기분이었다.

'내 인생이다. 내 가치관에 따라, 내가 살고 싶은 대로 살면 된다.'

이렇게 간단한 일인데, 어째서 여태 깨닫지 못했을까. 나는 늘 남의 눈을 신경 썼다. 남이 멋지다고 생각할 옷을 입어야만 할 것 같고, 행여 촌스럽다고 말할 것 같은 옷은 아무리 내가 입고 싶어도 입지 않는 삶을 살아왔다.

그래, 그런 게 오히려 꼴불견이다.

나는 야기시타 아저씨를 쳐다보았다. 콧노래를 부르면서 기분 좋게 운전을 하는 아저씨가 말할 수 없이 멋있어 보였다.

"아저씨, 고맙심더. 전 지금까지 남의 안경을 쓰고 살아온 것 같아요. 이제 알겠어요."

"오야, 그걸 알았으면 인자 니 눈으로 세상을 볼 수 있겠제? 기분이 어떻노? 완전 다르제?"

"네, 완전 달라요. 저, 뭘 하든 괜찮은 거죠?"

"하모. 니 인생, 니 스스로 정해서 하는 거면 뭐든 좋은 기라. 딴 놈이 정한 가치관 같은 거는 엿이나 먹으라 캐라! 하하하."

내가 진짜로 무엇에 관심이 있는지부터 다시 생각해야 한다. 내가 진짜로 무엇에 관심이 있는지 생각조차 해 본 적 없다는 사실이 충격으로 다가왔다. 동시에 그것을 스스로에게 묻는 일이 신선하기도 했다.

간토(혼슈 동부의 도쿄와 사이타마·자바·이바라키·도치기·군마·가나가와 현 일대를 이르는 말)에 머문 사흘을 되돌리듯 거침없이 서쪽으로 향하는 트럭 안에서, 나는 처음으로 나란 존재는 무언인가 생각해 보게 되었다.

혼자 차 안에서 기다리자니, 두근두근 가슴이 떨렸다. 그런

참에 야기시타 아저씨가 돌아왔다.

"아나, 이거 갖고 있어라."

"네."

아저씨가 건넨 것은 승선권이었다.

"총각한테는 미안하지만, 아까 길 맥힌 것 때메 탈라던 배를 놓쳤다. 그 배를 탔으면 마쓰야마에 들렀다가 그대로 오이타(규슈 동부 오이타 현의 현청 소재지)까지 데려다 줬을 긴데. 인자 어쩔 수 없으이까 이걸 타자. 낼 아침나절엔 에히메 현 도요 항에 도착할 기다. 거기서부터 마쓰야마까지는 차로 한 시간쯤이다. 일 끝나면 내가 오이타 행 배가 뜨는 항구까지 데려다 주께. 그람 낼 낮에는 오이타 항에 닿을 기라. 그담부터는 네가 알아서 하그라."

"고맙심더. 근데 오시가에서는 페리를 타고 시코쿠로 가는 모양이네요."

"마, 평소엔 이대로 단숨에 오카야마까지 달려가서 세토 대교(혼슈와 시코쿠를 잇는 다리)를 건너지만 오늘은 이쪽이다. 돈은 좀 들지만 편하니까."

나는 페리를 타는 것도 처음이라, 눈앞에 있는 커다란 배에 기가 눌렸다. 가슴이 부풀어 올라서, 앞서 떠난 페리를 탔더라면 그대로 오이타까지 갈 수 있었다는 말 따위는 귀에 들어오지도 않았다.

승선 시간이 되어, 차가 차례차례 페리 안으로 빨려 들어갔다. 우리도 트럭을 탄 채로 페리 안에 들어가 자리를 잡고, 궤도 이탈 방지 장치를 채운 뒤 객실 쪽으로 갔다.

주차장에서 객실까지는 깔끔하게 거울이 붙은 에스컬레이터로 올라갔다. 객실은 일류 호텔 로비 같았다. 내 상상을 훌쩍 뛰어넘는 호화로움에 가슴이 마구 뛰었다.

우리가 묵을 방에는 통로 두 개를 사이에 두고 이층 침대가 모두 열여섯 개 놓여 있었다. 야기시타 아저씨는 번호를 확인하더니 "니가 위, 내가 아래."라고 했다.

"나는 목욕하고 바로 잘 테이까, 니는 니 좋을 대로 하그라."

아저씨는 이층 침대 아래 칸에 짐을 던져 넣고는 수건을 어깨에 걸치고 나갔다. 커다란 목욕탕까지 있는 모양이다.

나는 곧바로 침대에 들어가 커튼을 닫고 누웠다. 손을 뻗으면 닿을 높이에 천장이 있었다. 디젤 엔진의 진동이 등을 타고 전해졌다. 누워 있으니 배가 조금씩 좌우로 흔들리는 게 느껴졌다.

이대로 가면, 내일 저녁 무렵에는 규슈에 닿을 수 있을 터였다. 드디어 집이 가까워졌다는 사실에 마음이 한결 편해졌다.

나는 침대에서 벌떡 일어났다. 흥분이 되어 잘 수가 없었다. 대신 페리 안을 돌아보기로 했다. 로비, 휴게실, 레스토랑, 매점, 오락실, 그리고 특실 승객들만 들어갈 수 있는 곳도 있었다. 딱히 누가 망을 보는 것 같지도 않기에, 내심 두근거리면서도 태연한 얼굴로 자동문 앞에 섰다. 호텔처럼 긴 복도가 쭉 뻗어 있고 양옆으로 방이 늘어서 있었다.

복도를 똑바로 나아갔다. 막다른 곳에 또 다른 휴게실이 있었다. 푹신푹신한 일인용 소파가 몇 개나 놓여 있고, 자유롭게 쓸 수 있는 바까지 있었다. 전면이 유리창이어서 낮이면 세토 내해(일본 혼슈 서부와 규슈, 시코쿠로 둘러싸인 바다)의 절경을 볼 수 있을 테지만, 지금은 밖이 캄캄해서 아무것도 보이지 않았다. 그대신 방이 환해서 커다란 거울처럼 방 안을 비추고 있었다.

나는 휴게실로 들어가서 소파 하나를 골라 몸을 묻었다. 그런데 아무것도 할 일이 없었다. 두리번두리번 들썽들썽하고 있는데, 옆에서 책을 읽던 사람이 말을 건넸다.

"처음 타니?"

양복으로 말끔하게 몸을 감싼 사람이 긴 다리를 꼬고 앉아 책을 읽고 있었다. 패션 잡지에서 튀어나온 듯 섹시하면서도 터프한 분위기의 아저씨인데 턱수염이 도드라져 보였다.

"네, 상상한 것보다 멋져서 배 안을 돌아보고 있어요."

"저기서 마실 걸 좀 받아 오지 그러니."

"아니…… 실은 저, 여기 특실 승객이 아니에요."

"신경 쓸 거 없어. 내가 받아다 주마."

그 사람은 자리에서 일어나 바에서 마실 것을 받아다 주었다.

"고맙습니다. 전 아키즈키라고 해요."

"반갑다. 난 와다야. 너, 고등학생이지? 여름 방학이라 오사카에 놀러 갔던 거니?"

"아니요, 그게 아니고 도쿄까지 갔다가 돌아가는 길이에요."

"도쿄? 허, 그러면 오사카까지는 신칸센(일본의 고속 철도)으로?"

"아니요. 히치하이크했어요."

"허, 재밌네. 나도 대학 때 히치하이크로 캐나다를 횡단한 적이 있어. 지금 일본에서 그런 걸 하는 고등학생이 있다니, 좀 다시 봤다."

와다 아저씨는 본격적으로 나와 이야기를 나눌 작정인지, 책을 덮어 무릎 위에 놓고 내 쪽으로 돌아앉았다.

"그래서 어디까지 가니?"

"구마모토예요."

"옳아, 규슈에 가기 전에 일단 시코쿠에 들르는구나. 그렇군, 마쓰야마까지 가서 거기서 오이타로 가는 건가?"

"그럴 생각이에요."

와다 아저씨는 의사였다. 오사카에서 열린 연구 발표회에 참석하고 돌아가는 모양이었다. 젊어서 하는 여행과 만남은 재산이 된다, 아무튼 기회만 있으면 여행을 떠나는 게 좋다는 말을 했다. 우연한 만남과 그 사람들의 친절에 기대어 도쿄에서 여기까지 온 만큼 나는 아저씨의 말을 진심으로 이해할 수 있었다. 이 경험은 내 인생에서 무엇과도 바꿀 수 없는 재산이 되겠지. 평생 잊지 못할 추억도 될 테고. 와다 아저씨한테는 캐나다 히치하이크 여행이 그런 경험이겠지. 그 얘기를 할 때 와다 아저씨 눈은 반짝거리면서도 촉촉이 젖어 있었다.

나는 휴게실을 나와 주차장으로 갔다. 야기시타 아저씨 차를 대강이라도 청소해 두고 싶었는데, 객실에서는 주차장 안으로 들어갈 수 없게 되어 있었다.

할 수 없이 갑판으로 나왔다. 한밤중의 바다는 새카매서, 난간에 기대어 아래를 보고 있자니 빨려 들 것만 같았다. 한여름이라고는 해도 정면에서 불어오는 바닷바람을 한동안 맞다 보니 으스스 한기가 들었다.

이렇게 아름다운 밤하늘은 태어나서 처음 본다. 다른 빛이 없는 곳에서는 별이 이렇게 많이 보이는구나 싶었다. 처음 보는 진짜 밤하늘에 마음을 빼앗겨 한동안 자리를 뜰 수 없었다.

나는 처음으로 이 여행이 슬슬 끝나려 한다는 사실에 아쉬움을 느꼈다.

다섯째 날

진짜 행복을
손에 넣는 법

"승객 여러분, 상쾌한 아침입니다. 이 배는 30분 후에 도요 항에 도착할 예정이오니……."

갑자기 방이 밝아지면서 상쾌함이라고는 조금도 느껴지지 않는 사무적인 남자 목소리가 선내 방송으로 흘러나오는 통에 잠이 깼다. 베갯머리에 달린 전등을 켰더니 너무 눈부셔서 눈을 뜨고 있을 수가 없었다. 눈이 빛에 익숙해진 뒤 사다리를 내려가 야기시타 아저씨가 어쩌고 있는지 살펴보았다. 아저씨는 캄캄한 커튼 뒤에서 여태 자고 있었다.

나는 그대로 화장실로 가 세수를 하고 돌아왔다. 밖은 이미 훤히 밝아서, 어제는 전혀 보이지 않던 경치가 다 보였다. 나는 한 번 더 갑판에 나가 바깥 공기를 마셨다. 배 위에서 바라본 세토 내해 섬들은 태곳적 풍경을 그대로 간직한 듯했다. 어쩐지 마음이 깨끗이 씻겨 내려가는 것 같았다.

객실로 돌아와 보니 야기시타 아저씨 침대는 여전히 불이 꺼져 있었다. 슬슬 깨우는 게 좋겠다 싶어 머뭇거리며 커튼을 열고 안을 들여다보았다. 아저씨는 담요를 목까지 끌어올린 채 진땀을 뻘뻘 흘리면서 덜덜 떨고 있었다. 끙끙 신음 소리도 냈다.

"아저씨! 아저씨! 괜찮으세요?"

나는 아저씨를 흔들어 깨우려 했다.

"성가시럽다. 금방 일어날 기니까 쪼매만 냅둬라!"

아저씨는 가위눌리는 게 아니라 깨어 있었다. 그렇다면 몸이 상당히 안 좋다는 소리다. 나는 내 침대에서 담요를 끌어내려 덮어 주었다.

"사람 불러올게요."

그렇게 말하고 방을 나섰다. '꼴사나운 짓 하지 마라, 멍충아!' 하고 화를 낼 줄 알았는데, 아저씨는 아무 말도 하지 않았다. 무척 괴로운 모양이었다.

나는 프런트로 달려 나가다가 발을 멈추고, 특실이 있는 위층으로 방향을 바꿨다. 마침 짐을 싸 들고 나온 와다 아저씨와 복도에서 딱 마주쳤다. 와다 아저씨는 배에서 내리려는 참이었다.

"아! 안녕, 가즈야."

"안녕하세요, 아저씨. 부탁이 있어요. 저하고 같이 가 주세요. 야기시타 아저씨가 큰일 났어요."

와다 아저씨는 고개를 끄덕하더니 부드러운 표정으로 "어디니?" 하고 물었다. 침착한 그 모습을 보자 정말로 구원받은 느낌이었다.

"어디가 안 좋으신가요?"

와다 아저씨는 침대 옆에 무릎을 꿇고 앉아 야기시타 아저씨에게 말을 건네며 자연스럽게 손을 잡고 맥을 짚었다.

"당신 누구요?"

의식이 몽롱한 가운데 야기시타 아저씨가 물었다. 하지만 불신을 품은 말투는 아니었다. 분명히 마음이 놓인 거다. 나는 아저씨 표정만 보고도 무슨 생각을 하는지 알아채는 자신이 놀라웠다.

"전 의삽니다. 안심하세요."

와다 아저씨는 야기시타 아저씨 이마와 목 뒤에 손을 대서 열을 재 보더니, 눈과 입안 상태를 보여 달라고 했다.

"와 의사가 여깄능교?"

"가즈야 친굽니다."

나는 뒤에서 그 모습을 지켜보았다. 야기시타 아저씨가 내 쪽을 보며 말했다.

"총각, 니 진짜 희한한 놈이다. 와 의사 친구가 여깄노? 도통 영문을 모르겠다."

그러고는 조용히 눈을 감더니 정신을 잃었다. 그냥 잠든 건지도 모른다.

"가즈야, 프런트에 가서 상황을 설명하고 물이랑 수건 세 장, 가능하면 얼음 베개를 받아다 줘."

"네, 네에……."

나는 서둘러 프런트로 뛰어갔다.

와다 아저씨네 병원 창문 너머로 보이는 시골 풍경은 구마모토와 별반 다르지 않았다. 논 저편에 늘어선 산들이 별안간 불쑥 솟아오른 듯 보이는 것이 조금 신선하긴 했다.

야기시타 아저씨 트럭은 일단 항구에 둔 채로, 셋이서 택시를 타고 와다 아저씨네 병원으로 왔다. 야기시타 아저씨는 오늘 안에 짐을 운반해야 한다고 몇 번이나 주장했다. 하지만 말과는 달리 택시에 태우는 동안 변변히 저항도 하지 못했다. 상태가 상당히 안 좋은 모양이었다.

문 열리는 소리에 돌아보니, 와다 아저씨였다.

"아저씨. 야기시타 아저씨는……."

"응. 여전히 열은 높지만 괜찮을 거야. 지금은 수액을 맞으면

서 자고 있어. 상태가 상당히 안 좋은데도 꾹 참고 일했던 모양
이야. 뭐, 한동안 얌전히 지내면 괜찮을 테지만, 한 번쯤은 제대
로 검사를 받는 게 좋겠어. 나중에 지인이 있는 대학 병원에 소
개장을 써 줄게."

"정말이에요? 다행이다."

"다행이라는 말은 그 양반이 해야 돼. 네가 아니었으면 그대
로 트럭을 몰고 마쓰야마로 갔을지도 몰라. 그랬으면 사고를 내
기 십상이었을 거야. 우연히 너를 만나서 살았지."

"머리털 나고 처음으로 배를 탄다는 생각에 들떠서 눈치를 못
챘는데, 야기시타 아저씨 분명 어젯밤부터 몸이 안 좋았을 거예
요. 교토 부근부터 눈에 띄게 말수가 줄어든 데다, 평소에는 페리
를 안 탄다고 했거든요."

"그렇겠지. 야기시타 씨가 계속 총각한테 미안하다고 하면서
네 일을 신경 쓰더라."

"전 괜찮아요."

"그보다 아직 아침 전이지. 같이 먹을까?"

나는 시계를 보았다. 9시 반이었다.

"일은 괜찮으세요?"

"오늘은 휴진일이야."

어쩐지 아무도 오지 않는다 했다.

와다 아저씨는 차로 15분쯤 달려 언덕 위에 있는 찻집에 데려가 주었다.

내가 앉은 자리에선 시골 풍경과 도요 항, 세토 내해가 한눈에 들어왔다. 와다 아저씨는 아침을 다 먹은 뒤 커피를 마시는 중이었다.

"그래, 야기시타 씨가 그런 걸 가르쳐 주었구나."

"네, 저한테는 정말로 신선하고…… 뭐랄까요, 뒤통수를 한 대 얻어맞은 듯한 충격이었어요."

"그럴 테지. 정말 야기시타 씨 말대로야. 부끄럽지만, 나도 최근 들어서야 겨우 내가 정말 하고 싶은 일이 뭔지 진지하게 생각하게 되었거든."

"그럴 리가……. 아저씨는 의사잖아요. 의사가 될라믄 고등학교 때부터 죽어라 공부해야 되잖아요. 제 친구 중에도 의사가 되겠다는 놈이 있는데, 한눈팔 새도 없이 공부만 해요. 대단하다 싶기도 하고, 확실한 꿈을 갖고 사는 그 자식이 부럽기도 하더라꼬요."

"부러워할 거 없어. 첫째로 그 친구가 어째서 의사가 되고 싶어 하는지 넌 알고 있니? 뜻밖에도 야기시타 씨 말처럼 돈을 많이 벌 수 있으니까, 사회적 지위가 높으니까, 장래가 안정적이니까 하고, 남의 안경을 쓴 채 바라보는 목표인지도 모르지. 어쩌면 공부에 소질이 있다는 걸 부모한테 들키는 바람에 부모 안경을 그대로 쓰고 사는 건지도 모르고. 만약 그렇다면 야기시타 씨 말처럼 언젠가 사는 게 힘들어지고, 세상이 온통 괴로운 일투성이라고 착각하게 될지도 몰라. 의사라면 모두 오랜 꿈을 실현한 사람, 성공한 사람이라고 생각하긴 일러. 남의 안경을 쓴 채로 어른이 되어서 괴로운 나날을 보내는 의사도 잔뜩 있고, 자기 안경을 발견해서 즐거운 나날을 보내는 트럭 운전사도 잔뜩 있을지 몰라."

"아저씨는 어땠어요?"

"난 말이야, 고등학교 때 대학 가는 건 무리라는 얘기를 들었어, 선생님한테."

"말도 안 돼요."

"진짜야. 그래도 어찌어찌 그 동네 사립 대학에 합격했어. 그리고 졸업할 즈음에 교사 임용 고시를 봤어. 구직 활동을 해 봤자 어차피 대기업에서는 눈길도 주지 않을 거라고 생각했거든. 지금은 불황이라 학교 선생 되기가 하늘의 별 따기일지 모르지만, 우리 때는 비교적 쉬웠거든. 그래서 현립 고등학교 수학 선생이 됐지."

"학교 선생님이었어요?"

"그래. 학교 선생을 몇 년 했더니, 당연한 일이지만 풀 수 없는 수학 문제가 없더라고. 대학 때부터 해외여행이 취미라 영어도 제법 할 줄 알았고. 그때 처음으로 지금 대학 입시를 치르면 재미있지 않을까 생각했어. 실은 선생 노릇에 거의 아무런 열정이 없었거든. 당시 학생들한테는 정말 미안한 짓을 했지. 나는 나를 위해서, 생활비를 벌기 위해서, 선생 노릇을 했을 뿐이야. 그 사실을 가장 잘 알고 있던 건 나 자신이었어. 그런 만큼 그만둘 계기를 찾고 있었던 것도 사실이었고. 그래서 대학 입시를 다시 치르고 의대에 들어갔어. 물론……."

와다 아저씨는 커피를 마시며 한숨 돌렸다.

"물론 의학을 목표로 삼은 까닭은 야기시타 씨가 말한 것처럼 남의 안경을 쓰고 세상을 보았기 때문이야. 학교 선생보다 의사가 사회적 지위도 높고, 수입도 많고, 건방진 애송이들과 부대낄 일도 없고, 무엇보다 멋지다고 생각했어. 솔직히 내 자존심을 세우려고 이 일을 고른 거지."

"지금도 그렇게 생각하세요?"

"설마! 만약 지금도 그렇게 생각한다면, 너한테 이런 얘기를 할 수 없겠지. 지금은 그렇게 생각 안 하니까, 어리석었던 시절 이야기를 할 수 있는 거야. 그 계기를 만들어 준 건 어머니였어."

"어머니요?"

"어, 그래. 시간이 좀 지나니까 의사도 그만두고 싶어졌어. 사회적 지위도 높고 수입도 많으니까, 남들 눈에는 행복한 나날을 보내는 걸로 보였을지도 모르지. 하지만 야기시타 씨 말대로 내 인생은 내가 원하는 게 아니라, 남이 가진 것이나 남이 부러워할 만한 걸 쫓아가는 식으로 바뀌어 버렸어. 내가 되고 싶어서 의사가 된 게 아니라, 다들 의사를 대단하다고 생각하니까 의사가 된 거야. 고급차도 타 보았는데, 같은 이유였어. 그러는 동안 마음이 황폐해져 갔어. 환자한테도 울컥하게 됐지. 병원 일도 사람 몸을 고치는 게 아니라, 증상을 보고 매뉴얼에 따라 약을 처방하고 돈을 받는 식으로 바뀌어 갔어. 그런 나를 가장 싫어했던 건, 다름 아닌 나 자신이었어. 어느 해 정월에 어머니한테 슬쩍 말했어. '의사 관둘까?' 하고. 그랬더니 어머니가 뭐라 하셨을 거 같아?"

"당연히 반대하지 않으셨어요?"

"나도 그럴 줄 알았어. 분명히 말려 주길 바랐으니까 그런 말을 했겠지. 그런데 어머니는 이렇게 말씀하셨어. '네 사명을 찾아낼 때까지 뭐든 네가 좋아하는 일을 하면 돼. 그리고 사명을 찾아내면 거기에 목숨 걸고 살면 돼. 너는 그럴 수 있는 아이잖니.' 나도 모르게 눈물이 났어. 우리 어머니는 언제나 그러셨단 게 떠올랐어. 나는 늘 내가 행복해질 방법만 생각했어. 하지만 어머니는 내가 다른 삶을 살길 바라셨단 걸 그때 처음으로 깨달았어. '사명'이라는 말 때문에."

"사명……."

"그래, 사명. 어머니는 내가 세상을 위해 무엇을 할 수 있는지 찾아내길 바라셨던 거야. 그리고 그걸 발견하면 거기에 목숨을 걸고 살라고 말씀하고 싶으셨던 거지. 그게 당신 행복이자 내 행복이라는 걸 전하고 싶으셨던 거야. 그런데 나는 늘 내가 행복해지는 길만 생각하며 살았어. 선생 노릇을 할 때는 학생들을, 의사가 되고 나서는 환자들을, 자못 그들을 걱정하는 듯이 속이면서 말이야. 그러니 그 결과가 어땠겠어. 행복 따위 전혀 느낄 수 없었지. 어머니한테 그런 말을 듣고 나서, 지금 내가 할 수 있는 게 뭘까 진지하게 생각했어. 그랬더니 의사를 관두겠단 마음이 사라지더라. 의사가 아니면 할 수 없는 일이 잔뜩 보이는 거야. 그리고 처음으로 깨달았어. 네가 열일곱에 이미 깨달은 사실을, 나는 서른넷에 비로소 깨달은 거야. 사람은 누군가에게 도움이 되는 삶을 사는 데 전념할 때, 그 대가에 관계없이 행복을 느낄 수 있다는 사실을."

"저, 확실히 이번 여행에서 그걸 배우긴 했어요. 그런데 제 인생, 앞으로 뭘 하면서 살지 정해 둔 것도 없고, 남의 안경을 쓰고 살아온 17년을 이제 겨우 끝냈을 뿐이에요. 솔직히 말해서 제 사명은커녕 하고 싶은 일도 못 찾았어요."

"넌 괜찮아. 하고 싶은 일을 찾기만 하면 뭐든지 될 수 있어."

나는 쓴웃음을 지었다. 지금까지 무엇을 해도 어중간했던 나한테 무슨 근거로 그런 말을 하는 걸까.

"어째서 그렇게 생각하세요?"

"갓 태어난 아기를 본 적 있니?"

"아니요, 아직 본 적 없어요."

"그래. 기회가 되면 한번 봐 두렴. 가만히 보고 있으면 어떤 감정이 솟아나. 이 아이는 아직 아무것도 경험하지 않았다, 앞으로 여러 가지 일을 경험하면서 어떤 인생이든 살 수 있다, 이 아이는 무한한 가능성을 가졌다는 사실을 뼈저리게 느끼게 되지."

"그럭저럭 상상이 돼요."

"그러면 아이가 가진 무한한 가능성을 끌어내기 위해서 부모는 무엇을 해야 할 것 같니?"

"되도록 어렸을 때 클래식 음악을 들려주거나 여러 가지 언어를 들려주면 좋다고, 텔레비전에 나오는 걸 본 적이 있는데요……."

"그렇게 하면 다들 능력이 커질 것 같니?"

"으음…… 좀 아닌 것 같은 생각도 드네요."

"그래, 유아기에 여러 가지를 배우고 영재 교육을 받은 아이가 어른이 되어 재능을 꽃피웠는지 어떤지 추적 조사를 해 보면 재미있을지도 모르겠다. 그런데 내 생각엔 꼭 그렇게 되지는 않앉을 것 같아. 중요한 건 그런 게 아니야. 중요한 건 말이야, 굳이 음악 따위 들려주지 않아도 아이가 좋아하는 걸 하며 놀게 두는 거야. 그게 뭐가 됐든 간에……. 아이는 말이야, 진심으로 믿어 주는 누군가가 있어야 비로소 재능을 꽃피울 토양이 생기는 거야."

"진심으로 믿어 주는 누군가……."

"그래, 그리고 또 하나 중요한 게 있어. 가장 중요한데, 가장 어려운 일이야."

"그게 뭔데요?"

"그건 말이지, 기다려 주는 거야."

"믿고 기다려 주는 누군가가 있어야 된다는 거예요?"

"그래, 그렇게만 하면 아이는 틀림없이 재능을 꽃피울 수 있어. 믿음의 반대는 관리, 기다림의 반대는 결과를 요구하는 거야. 요즘 엄마들은 영재 교육이라며 아이가 어렸을 때부터 돈을 들여 여러 가지를 배우게 하지. 그러면서 아이를 관리하려 들거나 성적과 점수라는 결과를 요구해. 믿고 기다려 주지를 못하지. 그러면 아무리 어렸을 때부터 모차르트를 들려줘 봐야 소용이 없어. 그런데 너한테는 믿고 기다려 주는 어머니가 계시잖아."

"이번 일로 우리 엄마는 저를 못 믿게 됐을 거예요."

"그렇지 않아. 아까 너희 집에 전화를 걸었는데, 너를 믿고 기다리는 게 느껴졌어. 정말이야. 만약 너를 믿지 않는다면, 처음 전화를 받았을 때 '거기서 기다려.' 하고는 다음 날 아침 일찍 도쿄까지 마중 가면 될 일이었어. 그러지 않고 네가 제힘으로 돌아오도록 맡겨 뒀잖아. 너희 어머니는 이 여행에서 네가 인간적으로 성장해서 돌아오기를 너 이상으로 기대하며 믿고 기다리시는 거야."

"저는 거짓말을 해서 부모님을 속이고 여기 있는 거잖아요. 분명히 못 믿을 거예요."

"걱정 마. 시험 삼아서 내년 여름 방학에 또 도쿄에 가고 싶다고 말해 봐. 분명히 기분 좋게 보내 주실 테니까. 믿음은 겨우 그런 일로 흔들리지 않아. 잘 들어, 아이를 믿는다는 건 아이 말을 그대로 받아들이는 거랑 달라. 아이가 '나는 잘못한 거 없는데 선생님한테 혼났다.' 라고 하는 걸 듣고, 노발대발해서 학교에 쳐들어가는 부모가 있어. 어떤 거 같니?"

"바보 같아요. 그 애가 거짓말하는 게 뻔하잖아요."

"네 말대로야. 그 거짓말을 믿고 부모가 학교에 쳐들어가면, 아이는 쓸데없이 궁지에 몰리게 돼. 결국 거짓말에 거짓말을 보태다가 친구도 잃고, 저 집은 부모고 자식이고 다 이상하다며 손가락질 당하기 십상이지. 아이 말을 그대로 받아들이는 게 아이를 신뢰하는 건 아니야. 아이는 거짓말을 하거든. 잘나 보이려고, 자기를 지키려고 거짓말을 해. 그게 보통이야. 물론 아이만이 아니라 어른도 거짓말을 해. 난 학교 선생을 해 봐서 잘 알아. 학교 선생도 자기를 지키기 위해 거짓말을 해. 학교 선생만이 아니야. 모두가 그래. 그 사실을 알고서도 아이를 믿어 주는지 아닌지가 중요한 거야."

"그러면 뭘 보고 아이를 믿어요?"

"능력, 그리고 성장이야."

"능력하고 성장이요?"

"그래. 이 아이가 이 경험을 통해서 두 배 세 배 성장할 거라고 진심으로 믿는 거야. 아직은 찾지 못했지만 제힘으로 하고 싶은 일을 찾을 수 있을 거라든가, 거짓말을 밥 먹듯 하더라도 분명히 언젠가는 많은 사람들에게 신뢰받는 멋진 사람으로 성장할 거라는 믿음이지."

"그리고 기다린다……."

"그래, 그거야. 결과를 애타게 기다려 주는 거야. 우리 어머니는 나를 믿고 서른네 살까지 계속 기다려 주셨어. 그래서 나는 어머니가 기대하는 사람이 되기로 결심한 거지. 서른네 살이나 되어서 깨달은 게 늦은 건지 빠른 건지는 모르겠어. 하지만 어머니한테 서른네 살은 늦은 게 아니었을 거야. 그러니까 너는 그럴 수 있는 아이라고 말씀해 주셨겠지. 너희 어머니도 너를 믿고 계셔. 그리고 네가 성장해서 돌아오기를 기다리고 계셔. 서두를 것 없어. 어머니의 애정에 기대어 다양한 걸 배우고 천천히 돌아가면 돼."

눈물이 쏟아질 것 같았다. 집을 나온 지 닷새가 되었다. 엄마는 거짓말을 하고 집을 나온 나를 믿고 기다린다. 엄마를 위해서라도 두 배 세 배 더 큰 사람이 되어 돌아가고 싶다. 그 커다란 애정에 감싸인 채로 생각지도 못했던 만남을 이어 가며 지금 여기에 와 있다는 사실에 행복을 느꼈다.

나는 와다 아저씨한테 부탁해서 혼자 도요 항에 내렸다.

야기시타 아저씨한테는 큰 신세를 졌다. 아시가라에서 처음 만나 여기까지 데려다 주었을 뿐만 아니라, 중간에 밥도 사 주고 뱃삯도 내 주었다. 그것을 넘어 내 인생을 바꿀 소중한 가르침을 주었다.

그렇지만 나는 지금 야기시타 아저씨에게 돌려줄 게 아무것도 없다. 아저씨한테 받은 것에 걸맞은 보답인지 어떨지는 몰라도, 내가 할 수 있는 건 트럭을 깨끗이 청소하는 일 정도다. 항구에서 일하는 사람에게 이야기를 하자 흔쾌히 청소 도구를 빌려주었다. 나는 야기시타 아저씨가 깜짝 놀랄 만큼 깨끗하게 치워두자고 생각했다.

트럭 세차는 생각 이상으로 중노동이었다. 한여름 뙤약볕을 온몸으로 받아 휘청거리면서도 정성을 들여 닦아 나갔다.

한 시간 반 정도 지났을 때였다. "가즈야지?" 하는 소리에 돌아보았더니, 다리가 긴 모델 같은 여자가 서 있었다. 기다란 금빛 머리칼을 바닷바람에 나부끼며 저쪽에서 걸어오는 모습이 영화의 한 장면처럼 인상 깊었다.

"저……."

"우리 아빠가 부탁해서……."

"아아, 와다 아저씨 따님인가요?"

"와다? 난 야기시타야, 야기시타 치사토. 잘 부탁해."

"아, 야기시타 아저씨네……."

나는 스킨헤드에 험상궂은 얼굴을 한 야기시타 아저씨를 떠올렸다. 닮은 구석이 하나도 없다. 그보다 아빠라는 호칭에 지독하게 위화감이 느껴져, 나도 모르게 웃음을 터트릴 뻔했다.

"야기시타 아저씨는 지금 병원에 계신데요."

"그래, 알아. 벌써 만나고 왔어. 그것보다 서둘러."

치사토 누나는 긴 머리채를 한데 모아 고무줄로 묶으면서 턱짓으로 지시했다.

"그 청소 도구 돌려주고 와. 너도 타고 갈 거지?"

그러고는 운전석 문을 열고 가볍게 뛰어올랐다.

"어! 운전할 줄 아세요?"

"할 줄 알지. 빨리 타. 아빠가 너를 마쓰야마까지 데려다 주랬으니까."

나는 허둥지둥 청소 도구를 돌려주고 조수석에 올라탔다.

"이대로 병원에도 안 들르고 마쓰야마로 가는 거예요?"

"그래. 이 짐을 한시라도 빨리 배달해야 하거든."

"야기시타 아저씨랑 와다 아저씨한테 제대로 인사도 안 했는데……."

"그런 거 별로 좋아하지 않을걸. 아빠가 널 잘 부탁한다고, 그 말만 자꾸 하시더라. 네가 무척 마음에 들었나 봐. 데려다 주기로 약속했는데 미안하다고 하셨어."

치사토 누나가 차를 움직였나. 창밖으로 펼쳐지는 시골 풍경을 바라보고 있자니, 만남이 고마웠던 만큼 갑작스런 이별이 쓸쓸하게 느껴졌다.

그런데 차가 흔들릴 때마다 조그맣게 달그락달그락 소리를 내는 게 있었다. 뒷자리를 들여다보았더니 야기시타 아저씨를 만났을 때 들고 있던 목욕 바구니였다. 사진으로 찍어 두자 싶어서 디지털카메라를 꺼내들고서야, 뭔가 이상한 걸 알아채고 웃음을 터뜨렸다. 야기시타 아저씨는 스킨헤드인데도 샴푸를 쓰고 있었다.

"왜 그러니?"

"아뇨, 아무것도……. 아니, 저…… 죄송해요. 저까지 태워 주시느라……."

"신경 쓸 거 없어. 정말로 가는 김에 데려다 주는 거니까. 게다가 나도 혼자보다는 말 상대가 있는 게 덜 심심해서 좋은걸."

야기시타 아저씨가 처음에 했던 말과 똑같다. 역시 부녀지간이다. 재미있다.

"고맙습니다. 그나저나 굉장하네요."

"뭐가?"

"치사토 누나, 트럭 운전수예요?"

"그렇진 않아. 뭔가 도움이 되지 않을까 해서, 일단 면허를 따 놨어. 가끔 아빠 차에 타서 교대로 운전하는 정도였는데, 이런 식으로 도움이 되네. 나도 좀 놀랐어."

치사토 누나는 조금 기쁜 듯했다.

"오늘 아침에 아저씨가 누나한테 연락했어요?"

"아니야. 아빠는 회사에 연락하셨어. 나는 어제 아빠가 돌아오시면 전화해 달라고 아빠 회사에 부탁해 뒀고. 회사 사람이 전화해서 이런 상황이라기에, 화물 건도 있으니까 내가 갔다 오겠다고 했지."

"그랬군요."

"뭐, 덕분에 제대로 얘기할 새도 없이 아빠랑 헤어져야 했지만. 그래도 직접 만나 얘기할 수 있어서 좋았어."

나는 운전하는 치사토 누나의 옆얼굴을 마주한 채로 굳어 버렸다.

"헤어지는…… 건가요?"

"응, 아빠 병 얘기가 아니니까 걱정하지 마. 내 일이야. 우리 당분간 못 만나."

"결혼이요?"

치사토 누나는 내 쪽을 흘끔 보더니 씨익 웃었다.

"아빠한테 뭔가 들었구나."

"딸이 있다는 거하고, 그 딸이 남자를 만들어 집을 나갔다는 것만……."

치사토 누나는 한숨 같기도 한 쓴웃음을 지었다.

"뭐, 5초 안에 설명하자면 그렇게 말할 수밖에 없겠네. 그러면 그 딸의 남자가 미국인이고, 지금은 둘이 집에서 영어 회화 교실을 열고 있는데, 그 남자 비자 문제로 이제 미국에 돌아가야 하고, 그 김에 바보 딸도 같이 미국으로 가게 됐다는 얘기는 들었니?"

"아, 아니요…… 거기까지는……."

"이달 말에 그이 비자가 끝나. 그때까지 미국에 돌아가야 해.

그 전에 아빠를 만나서 얘기만이라도 할 생각이었는데, 저 고집쟁이 아저씨가 똥고집만 부리고 만나 주질 않잖아. 뭐, 예상한 대로지만."

"아저씨가 오늘은 뭐라고 하셨어요?"

"내는 모른다! 멋대로 하그라! 그러더라. 늘 그래. 뭐, 아파서 누워 있으니 목소리에 힘은 없었지만."

"그놈아는 좋은 놈이다, 슬슬 인정해 줘도 좋겠다 싶다, 저한테는 그렇게 말씀하셨어요."

이번에는 치사토 누나 표정이 굳어졌다. 내 말에 아무 대꾸도 하지 않았지만, 눈동자가 젖어 있는 걸 알 수 있었다. 치사토 누나로서는 기대하지 못했던 답인 모양이다. 서로가 서로를 마음 깊이 사랑하고 그리워하는데도, 솔직하게 표현하지 못하는 부녀 관계가 안타깝게 느껴졌다.

아니, 남의 일이니까 그런 말을 할 수 있다. 엄마한테 솔직하게 내 감정을 표현할 수 있을까? 서툴기로 따지자면 야기시타 아저씨와 치사토 누나보다 더하면 더했지 덜하지는 않을 거다.

"그런 아버지가 있어서 행복하겠어요. 전 겨우 하루 같이 있었을 뿐인데 살아갈 용기를 얻었다 캐야 하나, 열정이 솟아올랐다 캐야 하나……."

"남의 부모는 다 좋아 보이는 법이야."

"그건 그렇고, 누나 영어 잘하나 봐요. 굉장한데요. 저는 영어가 젬병이라……."

"무슨 한심한 소릴! 영어가 젬병인 사람은 없어. 젬병이란 말로 도망치고 있을 뿐이지, 실제로는 아무것도 안 하고 있는 것뿐이잖아. 꼴사나운 소리 하지 마. 저쪽에 가면 머리가 좋고 나쁘고 상관없이 다섯 살쯤 된 아이들도 아무렇지 않게 영어를 써."

스스로도 좀 한심한 소리를 했다 싶어서 어깨가 움츠러들었다. 그 모습이 운전하던 치사토 누나 눈에 띄었나 보다. 누나는 내 쪽을 흘끔 바라보더니 씩 웃었다.

"뭐, 이해는 가. 솔직히 말해서 고등학교 때는 나도 그랬으니까. 고등학교 졸업하고 미국에 유학 가서 6년이나 살았으니까 영어를 할 수 있게 된 것뿐인데, 잘난 척 좀 해 보고 싶었어."

"아니에요, 진짜 굉장해요. 영어를 할 줄 아는 것도 그렇지만, 고등학교 졸업하고 미국으로 유학 간 용기가 대단해요. 저라면 그럴 수 있을지……."

"도망친 것뿐이야."

치사토 누나는 내 말을 가로막듯 힘주어 말했다.

"도망……이요?"

"그래, 도망친 것뿐이야. 물론 당시에는 좀 잘나 보이고 싶어서 유학 가겠다고 선언했지만 말이야. 사실 국내 대학이 아니라

외국 대학 가는 거 대단해 보이잖아."

"대단해 보여요."

"지금은 어떤지 몰라도, 사실 우리 때는 국내 대학 가는 것보
다 쉬웠어. 영어 실력이 일정 수준을 넘고 등록금만 낼 수 있으
면 갔거든. 그 바람에 아빠를 힘들게 했지. 난 고등학교란 데가
정말 싫었어. 고등학교만이 아니야. 중학교도 싫었어. 관리, 관
리, 관리만 해 대고 자유는 하나도 없었거든. 내가 다닌 학교는
특히 심했어. 무슨 일만 있으면 체육관에 모아놓고 혼을 내고,
이건 하면 안 돼, 저것도 하면 안 돼……. 무슨 소릴 해도 우리를
위해서 무언가를 가르쳐 준다는 생각은 안 들었어. 외부에서 항
의 들어오는 게 싫으니까 그러는 거라고밖에는 생각할 수 없더
라. 학교 성적도 전혀 납득할 수가 없었고. 그렇잖아, 숫자로 사
람을 평가하고 숫자가 곧 그 사람 실력인 것처럼 말하니까. 하지
만 사실은 그딴 거 내 실력도 뭣도 아니고, 한 인간이 자기 주관
에 따라 독단적으로 매긴 점수일 뿐이라고 느꼈어. 특히 싫어하
는 선생 과목은 '당신만 아니면 내 성적은 완전 딴판이었을걸.'
하는 생각만 줄곧 했지."

"맞아요. 정말 그래요."

"그래, 고등학교 땐 다들 성적이 곧 자기 실력이라고 생각하
지. 성적이 나쁘면 그걸 그대로 받아들여서 자기 암시를 걸고.

'아아, 난 수학이 젬병이니까.' 하고 말이야. 그딴 건 그냥 한 인간의 의견일 뿐인데, 다들 좀처럼 깨닫질 못해. 뭐, 어쨌든 그런 것도 있고, 대학 입시를 치를 수준도 안 되고. 그래서 생각해 낸 게 미국 유학이야. 생각하면 할수록 자유의 나라에 대한 동경이 부풀어 올랐지. 미국 유학을 가려면 영어 공부만 하면 되기도 했고. 난 이렇게 좁아터진 데다 관리만 해 대는 나라를 빠져나가 자유의 나라에서 자유롭게 살겠다는 생각만 했어. 그때는 그저 도망치는 거라고는 생각도 할 수 없을 만큼 나한테 좋은 일이라고 믿었어."

"지금 들어도 도망친 거란 생각은 안 드는데요."

"뭐, 고등학생한테는 꿈에 그리던 생활일지 모르지. 그런데 실제로 거기서 뭐가 기다리고 있었을 거 같니?"

"자유…… 아니었어요?"

"차별이야. 우리나라에 있을 때는 느낄 필요조차 없었던 인종 차별. 내가 생각하던 자유의 나라하고는 완전히 다른 세상이었어. 바로 그런 걸 자유라고 부르는지도 모르겠지만 말이야. 그동안 내가 그리던 자유는 그저 '나 좋을 대로'란 뜻이었다는 걸 뼈저리게 느꼈지."

"나 좋을 대로……요?"

"그래. 이를테면…… 넌 내후년에 입시지? 입시에 성공했다고 생각할 때가 언제일 것 같아?"

"1지망 대학에 합격했을 때일 것 같은데요."

"그럼 실패했다고 생각할 때는?"

"아마, 아무 데도 합격하지 못했을 때겠죠."

"그치? 그런데 그거 따지고 보면 나한테 유리한 결과가 나와서 성공했다고 생각하는 거잖아. 나한테 불리한 결과가 나오면 실패했다고 생각하는 거고. 하지만 어느 쪽이 실력에 따른 결과인지는 스스로가 더 잘 알겠지. 전부 불합격이라면, 그건 실패가 아니라 순전히 실력이잖아? 사실은 다들 그걸 알아. 입시만이 아니야. 다들 거의 모든 일에 대해서 자기한테 유리한 결과를 성공이라고 생각해. 난 말이야, 이 나라를 떠나 보고야 알았어. 나는 나한테 유리한 결과를 쫓다가 얻지 못하니까 도망친 것뿐이야. 도망쳐서 미국에 가 보니까, 나한테 유리한 결과를 손에 넣기가 이전보다 더 어렵더라고."

"후회했어요?"

"아니, 후회는 안 했어. 어차피 내가 선택한 일인걸. 거기에 책임을 질 생각이었고, 친구도 생겼고, 그 환경 속에서 살아가는 일이 무엇보다 중요하다고 생각했어. 이 나라에는 내가 있을 곳이 없다고 생각해서 미국에 간 거잖아. 거기에도 내가 있을 곳이 없다는 걸 깨닫고 돌아와 봤자, 어디에도 내가 있을 곳이 없다는 결론밖에 안 되니까. 더는 도망치면 안 된다고 생각했어. 게다가……."

차가 고속 도로 입구에 접어들었다. 치사토 누나는 창문을 열고 통행권을 받아 들었다.

"게다가?"

"게다가 가장 중요한 걸 깨달았어. 분명히 지금 네가 배우고 있는 거랑 같은 걸 거야."

"뭘 배웠는데요?"

"나는 이쪽 학교가 싫어서, 이 나라 사람들 사고방식도 그렇고 모든 게 싫어서 미국에 갔어. 그런데 이상한 일이 일어났어."

"이상한 일이요?"

"저쪽에서 지내다 보니 우리나라가 정말 좋아지는 거야. 문화나 사고방식이나 풍토나 그런 게 전부 좋아서 미치겠는 거지. 그렇게 싫어한 학교까지도. 이를테면 교실 청소를 학생들이 직접 하는 걸 자랑스러워하게 됐어. 그런 교육을 받아서 다행이라고 말이야. 지금 너도 그렇지 않아? 사실 네가 소중히 여겨야 할 건 원래 살던 곳에 다 있잖아. 그런데 그걸 고마워할 줄 모르고 불평만 늘어놓곤 하지. 요즘 흔한 자아 찾기 여행 같은 거, 듣기에는 그럴싸하지만 따지고 보면 제 자존심을 지키려는 변명일 뿐이야. 여기를 벗어나면 내가 꿈꾸던 삶이 있을 것 같아서 도망쳐 봤지만, 거기서 기다리는 건 이상과는 아주 거리가 먼 현실이란 벽뿐이고……. 뭐, 말을 하면서도 나 자신이 부끄러워지네."

"에, 그래도 어쨌든 영어를 할 수 있게 됐잖아요. 제가 보기엔 부러운 삶인데요."

"그렇지. 그러니까 결과를 봐선 다행이라고 생각해. 그 덕분에 지금 영어 회화를 가르칠 수 있고, 우리나라를 좋아하게 됐고, 결혼 상대도 찾았으니까 말이야. 하지만 저쪽에서 지낸 6년 동안, 날마다 죽어라 여러 가지를 흡수해야만 했어. 이쪽 대학을 나와서 취직한 사람이 보낸 6년이랑은 비교가 안 될걸. 사람은 어디에 있든지 결국 자기가 노력한 만큼만 행복해질 수 있는 것 같아."

'자기가 노력한 만큼만 행복해질 수 있다…….'

나는 머릿속으로 곱씹었다. 입시라는 벽을 앞에 두고, 여러 가지 변명거리를 준비해서 도망칠 궁리만 하던 나에게는 뜨끔한 말이었다. 동시에 내 안에서 행동할 용기 같은 것이 불끈 솟아올랐다.

"우리나라에 돌아와서 이 나라에 대해 여러 가지를 공부했어. 역사, 문화, 정치, 종교에 대해서도 자세히 알게 됐어. 다음 달부터는 저쪽에서 지내게 될 텐데, 이번에는 우리나라의 좋은 점을 잔뜩 가지고 갈 거야. 나 혼자서 뭘 할 수 있을지는 모르겠지만, 우리나라 사람은 대단하고 우리나라는 좋은 나라라는 걸 저 나라 사람들이 한 명이라도 더 알아줬으면 해."

"그래서 공부하신 거예요?"

"단순히 궁금했던 게 먼저이긴 해. 네 또래 고등학생들은 대개 저쪽에 유학 가서 영어가 되는 게 멋지다고 생각하지?"

"당연히 멋지죠."

"하지만 그런 거, 멋진 것도 뭣도 아니야. 영어를 할 줄 아는 것보다는 영어로 무슨 얘기를 하는지가 더 중요해. 이해 돼?"

"무슨 얘기를 하는지가 더 중요하고요?"

"그래. 저쪽에 가면 영어를 할 줄 아는 건 특기도 뭣도 아니야. 할 줄 아는 게 당연한 거니까. 그런데 그 나라 말이 서툴러도 남들이 갖지 못한 걸 가진 사람은 살아갈 수 있어. 거꾸로 아무리 영어가 유창해도, 알맹이가 없으면 아무 의미가 없어. 너도 나중에 유학 가고 싶니?"

"글쎄요. 흥미가 없진 않아요."

"그래! 괜찮아. 주저 말고 바깥세상으로 나가. 그런데 나가 보면 알게 될 거야. 너한테 관심을 갖는 사람이 너한테서 듣고 싶어 하는 건, 우리 사회와 문화에 대한 이야기야. 하지만 너한테 아무런 지식도 없으면 점점 관심이 사그라들게 마련이야. '일부러 멀리서 저 하나만을 위해 영어를 배우러 온 동양인' 한테 누가 얼마나 관심을 갖겠어. 해외에 유학을 가고 싶으면, 영어보다 국사나 고전문학 같은 걸 죽어라 공부하는 게 훨씬 좋아. 대체 이 나라의 높으신 분들은 세계화랍시고 영어 공부만 시켜 봤자 세계인이 될 수 없다는 걸 모르나 봐. 영어 따위 저쪽에 가면 자연히 할 수 있게 되고, 안 가면 아무리 세월이 흘러도 무리야. 그보다 이 나라에 사는 사람은 죄다 이 나라에 대해 더 많이 알고 사랑하고, 밖에 나가면 자신감과 긍지를 갖고 이 나라의 좋은 점을 알려야 해. 세계인이 된다는 건 바로 그런 거야.”

“듣고 보니 그러네요. 전 아무 고민도 안 하고 ‘세계인은 곧 영어를 할 줄 아는 사람’이라고 생각했어요.”

“뭐, 잘난 척 말은 하지만, 나도 실제로 가 보기 전까지 그렇게 생각했어.”

치사토 누나는 호쾌하게 웃었다. 웃는 것도 야기시타 아저씨를 좀 닮았다.

누나는 갑자기 진지한 얼굴을 하고는 큰 소리로 말했다.

“야, 소년! 너, 이 나라 남자 맞지? 좀생이로 크지 마. 긍지를 갖고 세계로 나가서, 이게 우리나라 사람이다 하고 보여 줘. 부탁한다, 소년! 더구나 넌 규슈 남아잖아.”

“알았어요……”

“목소리가 작아! 한 번 더!”

"알았습니다!"

"알았으면 되얬다!"

치사토 누나는 다시 큰 소리로 웃었다.

산골짜기를 지나는 고속도로 앞쪽으로 널따랗게 펼쳐진 평야가 보였다. 이제 곧 목적지에 도착한다고 누나가 알려 주었다.

창밖을 보며 생각했다. 치사토 누나처럼 나도 부모 곁을 떠날 날이 다가오고 있다. 물론 형처럼 줄곧 부모님과 함께 사는 방법도 있다. 하지만 나는 그런 선택을 하지는 않을 거다. 그렇다면 부모님과 함께 사는 것도 앞으로 1년 남짓일지 모른다. 치사토 누나 말처럼 나도 부모님 곁을 떠나고 나서야 그 고마움을 알게 되겠지. 내가 별로 좋아하지 않는 시골에 대해서도 긍지를 갖고 이야기하게 뇌겠지.

'자아 찾기 따위 변명일 뿐이야.'

치사토 누나의 말이 머릿속을 떠나지 않는다.

그래. 결국 어딜 가든 거기 있는 건 오늘의 나일 뿐이다. 훗날 다른 곳에 있는 나는 어쩐지 다른 나일 것 같지만, 어디를 가더라도 거기 있는 건 오늘의 나다.

치사토 누나는 지금 눈앞에 있는 것이 무엇보다 소중하다는 걸 가르쳐 주었다. 확실히 그렇다. 지금 이 시간은 내 인생에서 무엇과도 바꿀 수 없는 순간의 연속이다. 지금까지 그렇게 생각하지 못했을 뿐, 집에 있을 때도, 부모님과 이야기할 때도, 친구들과 함께 있을 때도 그랬던 거다.

손에 닿지 않게 되어서야 비로소 사랑스러워지는 게 있다. 그러나 손에 닿지 않게 되어서야 깨닫는 건 싫다. 정말 싫다.

치사토 누나는 마쓰야마에 들렀다가 야와타하마 항(에히메 현 서쪽 가장자리에 있는 항구)까지 데려다 주었다.

"자, 배표. 드디어 규슈구나."

"고맙습니다. 저, 아저씨한테 안부 꼭 전해 주세요."

"알아. 자, 타."

나는 한 번 더 인사를 하고 배에 올랐다. 어제 탔던 배처럼 호화로운 여객선인데, 에스컬레이터가 로비까지 곧장 이어져 있었다. 로비에서 허둥지둥 계단을 뛰어올라 갑판으로 나갔다. 치사토 누나는 부두에 꼼짝 않고 서서 나를 바라보며 손을 흔들어 주었다. 배웅해 주려는 모양이었다.

이윽고 페리가 천천히 기슭에서 멀어졌다.

"고마워요!"

나는 있는 힘껏 소리쳤다. 하지만 엔진 소리에 묻혀서 치사토 누나 귀에는 가 닿지 않았는지도 모른다. 누나는 웃으며 하염없이 손을 흔들어 주었다.

눈물이 났다. 어째서일까? 벌써 몇 년째 남 앞에서 운 적이 없는데……. 눈물이 날 것 같으면 되도록 감정을 억누르고 딴생각을 하면서 참아 왔는데……. 어째서 배웅해 주는 치사토 누나를 보고 눈물이 나는 걸까. 분명 이 장면도 평생 잊지 못하겠지.

내가 떠올린 건 치사토 누나만이 아니었다. 공항에서 만난 마사미 아줌마, 기치조지 미용실 기하라 점장님, 마사미 아줌마 아들인 유타 형, 아쓰기에서 만난 경찰관 오타 형, 나를 여기까지 데려다 준 야기시타 아저씨와 치사토 누나, 그리고 도요에 사는 의사 와다 아저씨……. 한 사람 한 사람과 나눈 대화가 떠올랐다 사라졌다.

모두 내 인생에서 더할 나위 없이 소중한 만남임에 틀림없다. 평생 잊지 못할 벗진 추억이 될 것이다. 그런 멋진 사람들과 우연히, 아니 필연이었을지도 모르지만, 어쨌건 만나고 헤어졌다. 나는 이 사람들과 꼭 다시 만나기로 마음먹었다. 힘주어 마음에 새겨 두지 않으면 이토록 멋진 만남을 가진 이들과 두 번 다시 만나지 못할지도 모른다. 그런 생각을 하니 심장을 쥐어짜는 듯한 기분이 들었다. 생각은 멈출 줄 모르고 갈수록 감정이 북받쳐 올랐다. 나는 소리를 내어 울었다.

'얼마나 멋진 사람들과 만났던가!'

내 눈물이 감동의 눈물이기도 하다는 걸 비로소 깨달았다.

그래, 눈물은 흐르지만 고개를 들어 웃을 수 있다. 괴롭고 슬픈 눈물이 아니라, 만남에 대한 감동과 감사의 눈물이다. 나는 고개를 들고 눈물범벅이 된 얼굴에 바닷바람을 쐬었다. 어느새 기슭이 흐릿하게 보일 만큼 멀어졌다.

눈물은 금방 말랐다. 치사토 누나도 이제 보이지 않는다.

'앞을 보자. 앞을 보고 거침없이 나아가자!'

마음이 청명한 하늘처럼 맑게 개었다. 감동해서 눈물을 흘릴 때마다 사람 마음에서 여러 가지 복잡한 것들이 사라지는지도 모르겠다. 어쩐지 세상이, 그리고 살아간다는 것이 무척 단순하게 느껴져서 신기했다. 정말로 그런 기분이 들었다.

문득 내 옆에 나란히 서서 바다를 바라보는 사람이 있다는 걸 알아차렸다. 슬쩍 그쪽을 바라보자 그 사람도 내 쪽으로 시선을 돌려 서로 눈이 마주쳤다. 그 사람도 눈에 눈물이 그렁거렸다.

나는 얼떨결에 목례를 했다.

"자네 눈물은 새로 태어나기 위한 몸짓, 내 눈물은 옛날의 나로 돌아가려는 몸부림인가……."

노인은 분명히 그렇게 말했다. 나는 무슨 말인지도 모르면서 그저 웃어 보였다. 노인도 마주 웃어 주었다.

"자넨 어린데도 좋은 얼굴을 하고 있구먼. 여행 중인가?"

"네."

"좋구먼. 자네 같은 눈을 한 젊은이하고 이야기하는 건 오랜 만이구먼. 필시 자신을 성장시키는 여행이었을 테지. 아닌가?"

"맞아요, 말씀하신 대로예요. 지금 저는 며칠 전 저하고는 완전 다를 거예요."

"허어, 그렇게 말하는 걸 보니 멋진 만남을 잔뜩 가졌다는 소리구먼."

"어떻게 아세요?"

"사람은 새로운 만남이 없으면 좀처럼 성장할 수 없는 법이거든. 예부터 사람을 성장시키는 건 만남이라고 정해져 있지."

"말씀하신 대로예요. 멋진 만남이 잔뜩 있었어요."

"그래, 자네는 그 만남을 통해서 어떻게 바뀌었지? 혹시 괜찮으면 이 늙은이한테 가르쳐 주지 않겠나?"

"으음, 말로 하기는 어렵지만, 여러 사람이 여러 가지를 가르쳐 줬어요."

나는 구마모토를 떠난 뒤로 오늘까지 닷새 동안 일어난 일을 하나하나 이야기해 나갔다. 미시나라고 이름을 밝힌 노인은 무척 흥미로운 듯 끝까지 들어 주었다.

"과연, 그래서 자네는 그런 얼굴이 된 겐가? 납득이 가는군."

"얼굴만 보고도 뭔가 알 수 있으세요?"

"그럼, 알지. 자네 같은 얼굴을 한 젊은이가 분명 이 나라를 바꿀 게야.”

“에이…… 나라라니요. 아까는 잘난 척하면서 며칠 전의 저하고는 다르다고 했지만, 아직 뭘 하면서 살지 결정한 것도 아니고…….”

“그런 건 훨씬 나중에 알아도 충분해. 지금은 자기가 좋아하는 일에 솔직하게 정면으로 부딪쳐 보는 게 좋아. 다른 일은 생각할 필요가 없어. 그걸 안 하고 뭘 할 수 있나 생각해 봤자 아무것도 떠오르지 않아.”

“자기가 좋아하는 일에 솔직하게 정면으로 부딪친다고요…….”

“그래. 실은 이게 의외로 잘 안 되거든. 하고 싶은 일을 하는 건 무척 용기가 필요한 일이야. 하지만 중요한 건 결과가 아니야. 계속 부딪치면서 무엇을 느끼는가지.”

고등학교에 올라가면서 그만둬 버린 야구 생각이 났다. 내가 야구를 그만둔 까닭은 나 자신이 가장 잘 안다. 중학교 야구부에서 하급생에게 주전 자리를 빼앗겼다. 후보가 되어 비참한 기분을 맛보는 건 꼴불견이라고 생각했다. 미시나 할아버지 말을 빌리자면 좋아하는 일에 솔직해지기를 그만둔 거다. 야구 따위 이제 흥미 없다고 떠들고 다녔다. 흥미가 없으니까 실력을 키우지 않아서 주전 자리를 빼앗겼다며 정면으로 부딪치는 걸 피했다.

이렇게 말로 하니까, 그게 오히려 꼴불견이었다는 걸 분명히 알 수 있었다.

그때 나한테는 그 상황에 부딪쳐 보려는 강인함이 없었다. 나는 쓸데없이 자존심만 세서, 자존심을 구길 것 같으면 처음부터 승부를 피하는 녀석이었다. 그 사실을 이제 싫든 좋든 깨달아야 했다.

"그래요. 정말로 용기가 필요하네요. 저는 지금도 결과를 신경 쓰지 않고 좋아하는 걸 좋아한다고 말할 수 있을지, 다른 사람이 어떻게 생각하든 그걸 계속할 만한 강인함이 저한테 있을지 어떨지 불안해요."

"하하하, 그걸 인정할 수 있으니 자네는 괜찮아."

"앞으로 제가 좋아하는 일에 솔직하게 부딪치면서 살다 보면, 이번 여행에서 만나 여러 가지를 가르쳐 준 사람들처럼 제 삶에 자신감을 갖고 살아갈 수 있을까요?"

"암, 그럴 게야. 자네한테 좋은 이야기를 하나 들려주지. 들어 볼 텐가?"

"네, 꼭이요. 저는 이런 만남이 못 견디게 좋아졌어요. 분명히 할아버지를 만난 것도 그 이야기를 듣기 위해서일 거예요. 부탁드려요."

"헐헐헐, 그거 고맙구먼. 그런데 여기는 좀 쌀쌀하군. 안으로 들어갈까?"

"네."

우리는 휴게실에 늘어선 탁자 중 하나를 사이에 두고 마주 앉았다.

미시나 할아버지는 "꽤 추웠어……." 하면서 쓰고 있던 모자를 탁자 위에 벗어 놓았다.

"사람은 어느 순간 제 인생의 사명을 만나게 되지. 이 시대를 사는 자네는 아직 인생의 사명을 만나기엔 너무 일러. 그런데 내가 젊었을 때는 지금 자네 또래 젊은이가 모두 사명감을 느끼며 살았지. 왜 그런지 알겠나?"

"으음, 역시 옛날 사람들이 더 어른스러워서 그럴까요?"

"그렇지도 않아. 나만 해도 자네 나이쯤에는 강에서 헤엄도 치고, 지금 고등학생들이 들으면 어린애 같다며 바보 취급할 일들을 꽤 진지하게 했더랬지."

"그럼 어째서일까요……. 그런 교육을 받았기 때문일까요?"

"부정하지는 않으마. 하지만 나는 적어도 내가 받은 교육을 통해서 사명을 깨우쳤다고 생각하지는 않아. 스스로가 사명을 느꼈더랬지. 그 답은 모든 생명에는 끝이 있다는 걸 지금보다 또렷히 느꼈기 때문이야."

"생명에는 끝이 있다⋯⋯."

"음. 사명(使命)이란 건 글자 그대로 자기 생명을 어디에 쓸지 스스로 정하는 거야. 그리고 제 생명에 끝이 있다는 걸 강하게 인식한 자일수록, 제 사명이 무엇인지 알아내려 하지. 사명을 갖지 못할 바에야 죽어도 좋다고 생각할 정도로 말이야. 내가 자네만 했을 때는 전쟁이 있었어. 다들 제 목숨이 언제까지 붙어 있을지 알 수 없었지. 경우에 따라서는 반년도 못 사는, 그런 시대였어. 사명을 찾는다는 건 한정된 생명을 영원히 이어질 무언가로 바꾸고 싶어 하는 행위라고 생각해. 그러니까 사람은 제 생명이 유한하다는 걸 느끼는 경험을 통해서 사명에 눈뜰 수 있어. 제 인생이 앞으로 5년밖에 안 남았다면, 그 5년 동안 돈을 많이 남겨야겠다고 생각하시겠나? 큰 집을 지으려고 하겠나? 아마 그런 생각은 안 하겠지. 그건 생명이 유한하다는 걸 느낀 뒤에, 그 생명을 또 다른 유한한 것과 바꾸는 행위나 다름없으니까. 그런 일을 하려는 사람은 아무도 없을 게야. 인생이 5년밖에 안 남았을 때 사람들이 떠올리는 건 말이지, 유한한 생명을 유구한 무언가로 바꾸고 싶다는 바람이라네. 그게 사명인 게야. 물론 5년이 아니라 50년이라도 마찬가지란 건 알겠지. 같은 5년이라도 5년이나 남았다고 생각하는 녀석도 있을 테고, 5년밖에 안 남았다고 생각하는 녀석도 있어. 그건 50년이어도 똑같아. 요컨대 '아아,

내 인생은 끝이 정해진 덧없는 것이구나.' 하는 걸 강하게 느낄수록, 사람은 사명이라는 걸 찾아내려고 한다는 소리야. 그리고 그걸 느끼는 정도에 따라서, 얼마나 사명에 충실하게 살아가려고 하는지가 결정되지."

미시나 할아버지의 말은 어려웠다. 그래도 이해는 할 수 있었다. 우리는 행복한 시대를 살고 있고, 우리 인생이 언제까지나 이어질 거라고 착각하고 있다. 아니, 생명에 끝이 있는 건 배워서 알지만 그건 아직 먼 얘기라고 생각하며 살아간다. 확실히 그렇다. 그러니까 귀중한 인생을 쏟아부어서 조금이라도 많은 돈을 벌려고 하고, 조금이라도 큰 집에 살려고 하는 건지도 모른다. 그것이 결국 언젠가는 사라질 물질이라는 걸 알아도 말이다. 내 인생이 앞으로 70년 더 이어진다 해도, 그 70년도 지나고 보면 눈 깜짝할 새겠지. 그 사이에 생명에는 끝이 있다는 걸 강하게 느낀 사람은 같은 세월을 살더라도 제 사명을 발견할 수 있다는 소리겠지.

"그럼, 역시 생각하기에 따라서 저도 제 사명을 느끼며 살 수 있다는 소리네요."

"뭐, 그렇게 안달할 거 없다네. 지금은 정말로 평화로운 시대야. 허둥지둥 사명을 찾으려고 애쓸 필요는 없겠지. 자네가 하고 싶은 일에 솔직하게 정면으로 부딪치며 살아가다 보면, 자네도 언젠가 생명이 유한하다는 걸 억지로가 아니라 자연스레 깨달을 날이 분명히 올 거야. 그때는 진심으로 유한한 생명을 유구한 무언가로 바꾸고 싶다고 느낄 테지. 아직 어린 자네들한테는 어려운 일일지도 몰라. 하지만 이 여행에서 만난 사람들 덕에 지금 자네가 있듯이, 앞으로 만날 사람들과 인연을 소중하게 간직해가다 보면 자연스럽게 깨닫는 날이 올 게야. '아아, 내 인생의 사명은 이거야.' 하고 진심으로 생각할 날이 말이지."

왠지 용기가 솟았다. 조급해하지 않아도 된다. 그저 내가 좋아하는 일에 솔직하게 정면으로 부딪쳐 간다. 사람들과 맺은 인연을 소중하게 간직한다. 그런 삶이 언젠가는 내 사명으로 이어진다.

"내가 여기 있는 이유도 같아. 내 생각에는 형태가 없지만, 자네한테 이렇게 이야기를 해서 남길 수 있다네. 나는 길어야 앞으로 몇 년이면 이 세상을 등지겠지. 하지만 오늘의 기억은 자네 안에서 계속 살아갈 게야. 그리고 자네 사고방식의 한 부분이 되어 다음 세대에 전해질 테고. 유한한 내 목숨은 지금 이 순간, 자네 덕분에 유구한 것으로 변했네. 사람과 사람이 만난다는 건 그만큼 커다란 의미를 가진 행위인 게야."

나는 더 이상 아무 말도 할 수 없었다. 그저 고개를 끄덕이며, 미시나 할아버지 이야기를 듣는 데만 온 정신을 쏟았다. 이 사람의 사고방식을 내 일부로 만들고 싶다. 오직 그 생각 뿐이었다.

"나한텐 말이지, 나 때문에 죽은 친구가 있다네. 지금까지 나는 어지간한 경우가 아니고서야 그 얘기를 남한테 한 적이 없어. 어쩌다가 얘기를 하더라도 나를 감싸다가 죽었다고 거짓말을 했지. 하지만 자네한테는 거짓말을 할 수 없구먼. 전쟁이 끝난 뒤로, 해마다 그 친구 제삿날이면 인사를 하러 가지. 이젠 나도 이런 나이라, 올해가 마지막일지도 모른다고 말하고 온 참이야. 그런데 돌아가는 배에서 그 친구 같은 눈을 한 자네를 만난 거지. 그 친구가 자네를 만나게 해 준 게야. 자네한테는 우연히 만난 할아범일지도 모르지만, 나한테는 60년 넘도록 목이 빠지게 기다려 온 만남이야. 그런 자네한테 거짓말을 할 수는 없지. 그래, 그 친구는 전쟁터에서 절망적인 상황에 빠진 나한테 힘을 주려고 같이 고향에 돌아가자고 끝없이 격려해 줬어. 나를 내버려 두고 먼저 탈출할 수도 있었는데, 말을 안 듣고 고집을 부렸다네. 그러다 그 친구만 적의 총탄에 쓰러졌어. 나는, 내 목숨은······."

마지막 말은 소리가 되어 나오지 못했다. 미시나 할아버지는 눈물을 멈추지 못했다. 몇십 년 동안이나 가슴 속에 품어 온 마음이었을 테지. 할아버지가 짊어져 온 괴로움이 얼마나 큰지 나는 짐작조차 할 수 없었다. 그저 아무 말도 못하고 같이 눈물만 흘릴 뿐이었다.

선내 방송이 흘러나왔다. 곧 오이타에 도착할 모양이었다.

나는 눈물을 훔치고 미시나 할아버지를 바라보았다.

"할아버지, 모처럼 맺은 인연이고, 아직도 듣고 싶은 게 잔뜩 있고 그러니까, 저…… 또 만날 수 있을까요?"

미시나 할아버지는 웃음을 머금은 채 고개를 저었다.

"오늘은 천국에 있는 친구 덕에 자네를 만날 수 있었어. 또 만날 필요가 있을 때는 그 친구가 자네와 나를 어디에선가 만나게 해 줄 테지. 그러니까 연락처는 안 가르쳐 줄라네."

눈물이 왈칵 쏟아졌다. 할아버지가 일어서서 손을 내밀었다. 나는 흐느끼며 손을 마주 잡았다.

미시나 할아버지 얼굴은 기분 탓인지 한결 밝아 보였다. 할아버지는 내 귓가에 대고 조그맣게 속삭였다.

"자네 시대야. 자유롭게, 자유롭게 살게나……."

나는 힘차게 고개를 끄덕였다.

"그러면."

미시나 할아버지는 한 걸음 성큼 물러서더니, 탁자 위에 놓인 모자를 집어 들고 익숙한 몸짓으로 머리에 얹었다. 차양에 손을 댄 채 가볍게 고개를 숙인 뒤, 작은 목소리로 "또 만나자꾸나." 하더니 계단을 내려가 승강장 쪽으로 갔다. 나는 쫓아가지도 못하고, 붙박인 듯 서서 그 뒷모습을 바라보았다. 그 뒤, 아래층으로 내려가 할아버지 모습을 찾아보았지만 끝내 찾지 못했다. 배에서 내린 뒤에도 한동안 주위를 둘러보았지만 역시 그런 사람은 보이지 않았다.

겨우 몇 분 전만 해도 같이 이야기를 나누었는데 홀연히 사라져 버렸다. 할아버지의 자취를 쫓다 보니, 미시나라는 할아버지와 정말 만난 건지 꿈을 꾼 건지 구분이 가지 않았다. 이상하다. 환상은 아닐 터. 하지만 누구한테 물어도 "그런 노인은 없었어." 라고들 해서 내 기억이 의심스러워졌는지도 모르겠다.

반쯤 꿈꾸는 듯한 기분에 잠겨 여객 터미널 밖으로 나왔다. 항해하는 두 시간 반 동안 오이타에서 구마모토까지 데려다 줄 사람을 찾으려던 계획은, 미시나 할아버지를 만나는 바람에 완전히 틀어졌다. 터미널 밖으로 나와서도 한동안 할아버지 모습을 찾아보았다. 하지만 역시 찾을 수가 없었다. 마음을 바꿔 먹어야만 했다.

'자, 조금만 더 가면 돼.'

새롭게 다짐한 순간, 여행은 아무런 조짐도 없이 어이없게 끝이 났다. 형이 차로 마중을 나와 있었던 것이다.

"어이, 어서 온나. 제대로 왔네!"

치사토 누나가 신경 써서 우리 집에 전화를 해 준 모양이었다. 마침 휴가라서 집에 있던 형이 그 전화를 받았단다.

"응."

닷새 전만 해도 목이 빠져라 기다리고 또 기다렸던 기쁜 순간에 나는 그만 쓸쓸해졌다. 내 인생을 바꾼 여행이 끝나 버렸다. 여운을 즐길 틈도 없이…….

"니 뭐꼬? 기껏 마중 나와 줬더니. 좋아할 줄 알았는데, 와 실망한 표정이고."

형은 정말로 기분 상한 듯했다. 내 표정은 동생을 생각해서 일부러 마중 나와 준 형을 기분 상하게 하기에 충분했을 것이다. 아니, 틀림없이 그런 얼굴을 했다고 확신한다.

나는 있는 힘껏 웃음을 지으며 말했다.

"그런 거 아이다. 고맙다, 형님아."

"마 됐다. 암튼 타라. 아부지 어무이 기다리신다."

"응."

닷새 동안 겪은 일을 다 털어놓았을 즈음, 차창 밖으로 눈에 익은 풍경이 펼쳐졌다. 형은 처음엔 "뭐어?"나 "그래서?" 같은 추임새를 넣으며 재미있다는 듯 듣더니, 중간부터는 진지한 얼굴로 고개만 끄덕였다. 형 마음에 어떤 변화가 일었는지는 모르겠다. 하지만 내가 겪은 거짓말 같은 이야기가 형에게도 적잖이 영향을 끼친 것만은 분명했다. 형이 갑자기 일을 그만두고 상경

하기로 한 게, 그로부터 한 달 뒤였기 때문이다.

나는 차 안에서 형한테 질문을 하나 했다.

"있잖아, 형은 자기가 하고 싶은 일에 솔직하게 정면으로 부딪치면서 사나? 형이 진짜 하고 싶은 일을 하면서 살고 있나?"

형은 "글쎄다……." 하고는 입꼬리만 올려 웃은 뒤 입을 다물었다.

이렇게 집에 돌아온 나를, 엄마는 웃으며 맞아 주었다.

"어서 오그라."

엄마는 손을 허리에 얹고 다리를 벌린 채 현관에 서 있다가, 싱글싱글 웃으면서 내 얼굴을 들여다보았다.

"좋은 얼굴을 하고 있꾸마."

나는 집에 돌아가면 가장 먼저 해야 한다고 다짐했던 말을 입에 올리기 위해 용기를 쥐어짰다. 막상 닥치면 근성이라고는 없는 스스로에게 지기 십상이다. 그래도 마구 솟아나는 갖가지 감정을 결국에는 이겨 내고 그 말을 할 수 있었다.

"엄마, 거짓말하고 걱정 끼쳐서 죄송해요."

엄마는 소리 내어 웃으며 돌아서더니, 부엌 쪽으로 걸어갔다. 등만 봐도 마음이 놓여 눈물을 흘리는 걸 알 수 있었다. 엄마는 그런 사람이다.

"와 아니겠노. 참말로, 걱정만 끼치고. 그래도 좋은 얼굴로 돌아왔네. 그런 데 섰지 말고 들어온나. 밥상 차려 놨다. 그라고…… 편지 고맙다."

눈물이 흘렀다. 오늘은 울기만 한다.

하지만 인간적으로 성숙한 기분이 들었다. "죄송해요."라는 말 따위 초등학교 때 이후로 해 본 적이 없다. 나쁜 짓을 하지 않아서가 아니라, 그저 "죄송해요."라고 말할 용기를 잃어버렸던 것뿐이다. 엄마한테 죄송하다고 말해 보고서야 비로소 그런 생각이 들었다. 그것만 봐도 나는 좀 변했는지도 모르겠다.

거실에 들어가자 아버지가 늘 앉는 자리에서 맥주를 마시고 있었다. 한마디 들을 각오를 했는데, 아무 말 없이 웃기만 했다.

그날 밤 형이 들려준 얘기로는, 아버지가 "그놈아도 벌써 열여덟이다. 대학 입시를 치르고 나면 집에서 기 나가겠지. 그 전에 지힘으로 살아갈 자신감을 쪼매라도 얻어 오믄 좋지 뭐. 냅둬라, 냅둬." 하면서 웃었단다.

오랜만에 엄마가 차려 준 저녁을 먹었다. 조금 창피하긴 했지만, 똑바로 손을 모으고 "잘 먹겠습니다."라고 했다. 엄마는 기쁜 듯이 "많이 먹어라." 했다.

그 뒤, 오랜만에 우리 집 욕조에 몸을 담갔다. 돌아왔구나 하고 실감한 건 그 순간이었다. 목욕을 하고 나서 지금까지 해 본 적 없는 목욕탕과 탈의실 청소를 했다. 여러 사람들을 만나서 배운 것을 잊고 싶지 않았기 때문이다.

그런 다음에야 이 층 내 방에 들어갔다. 책상 위에는 편지와 엽서가 한 통씩 놓여 있었다. 편지는 가와사키에서 마사미 아줌마가 보낸 것이었다. 엽서는 위쪽 절반이 사진인데, 굉장히 예쁜 여자와 칠칠맞게 웃는 오타 형이 나란히 찍혀 있었다. 내용은 '꼭 다시 만나자.' 라는 말뿐이고, 추신으로 '내 약혼자야.' 라고 쓰여 있었다.

나는 마사미 아줌마한테 온 편지를 뜯었다. 침대에 벌렁 누워 편지를 읽었다. 편지에는 고맙다는 말이 가득했다. 유타 형과 재회했고, 앞으로도 종종 만나게 될 것 같다고 썼다.

가방에서 디지털카메라를 꺼내 아줌마와 둘이 찍은 사진을 보았다. 겨우 며칠 지났을 뿐인데도 아주 오래전처럼 느껴졌다.

그러다 어느 틈엔가 잠이 들었다. 한밤중에 일어나 책상 앞에 앉아서 아줌마한테 편지를 쓰는 꿈을 꾸었다. 이튿날 아침에 편지를 찾아보고 없어서, 비로소 그게 꿈이었다는 걸 깨달을 만큼 진짜 같은 꿈이었다.

남은 이야기

사흘 뒤, 여름 방학이 끝났다.

학교에 가서 여느 때와 다를 바 없는 친구들을 다시 만나, 여느 때와 다를 바 없는 이야기를 나누는 일상이 다시 시작되었다.

"끝나고 보이까 여름 방학이 눈 깜짝할 새 지나갔다 아이가."

"진짜! 느그들 몬 봐서 허전하긴 했는데, 또 매일 공부할 생각을 하이까 기운이 쏙 빠진다."

그런 대화가 귀에 들어왔다.

"야, 가즈야."

나는 돌아보며 힘주어 선언했다.

"나는 죽어라 공부해서 대학 가기로 했다. 실은 개학하기만 기다렸다."

나는 변했다. 그 변화를 친구들은 금방 깨달았다. 당황하는 녀석도 있고, 환영하는 녀석도 있다. "갑자기? 이제 해도 늦었다." 하는 녀석도 있고, "벌써부터 했다가 숨넘어간다." 하는 녀석도 있다.

녀석들 심리는 손에 잡힐 듯 뻔하다. 예전에는 내가 그런 말을 하는 입장이었다. 누가 성실하게 공부하겠다고 선언하면 불안해진다. 불안을 해소하는 가장 좋은 방법은, 그 녀석이 공부하지 않게 만드는 거다. 아무것도 하지 않고 제자리에서 맴도는 녀석이 하나라도 더 있어야 안심이 된다. 그래 봐야 아무 의미 없다는 걸 알면서도 말이다.

개중에는 이런 녀석도 있다.

"그래? 가즈야 니가 진짜로 한다 카믄 내도 함 해 보까."

한 녀석이 물었다.

"와 갑자기 진짜로 공부할 생각이 들었는데?"

나는 웃으면서 대답했다.

"전에는 죽어라 했는데 못하믄 창피하니까 죽어라 하지도 않았다. 그런데 지금은 지는 게 무서워서 도망치는 게 더 지질하다고 생각한다. 결과적으로 내신이 오르든 말든, 도망 안 치고 부딪쳐 보기로 했다."

"벌써 가고 싶은 대학 정했나?"

"이왕 하는 거 도쿄대 갈란다."

그 말은 누구도 진심이라고 받아들이지 않았다. 다들 농담이라 생각하고 웃었다. 나도 웃었다. 하지만 나는 도망치지 않고 부딪쳐 보기로 마음먹었다. 진심으로.

"뭐꼬? 뭐 저런 말도 안 되는 허풍을 다 치노!"

교실 뒷문으로 후미야가 들어오며 한마디 했다.

"야, 후미야! 허풍으로 끝날지는 몰라도 나는 진심이다. 뭐, 이러나저러나 다 니 덕분이지만."

후미야는 조금 당황하는 듯했다.

"내 덕분? 뭔 소린지는 몰라도 뭐 상관없다. 것보다 니 생각 나나? 디즈니랜드 증거 사진, 갖고 왔나?"

"아아, 그거."

"그래, 그거."

"그거 말이다, 거짓말이다."

"거 봐라, 역시 거짓말이었제."

후미야는 개선장군이라도 된 듯이 목청을 높였다.

"아니, 그게 말이다, 일이 엄청나게 커졌다. 그 거짓말 때문에 내 인생이 완전 바뀌뿌따."

"뭐꼬, 뭐꼬, 그기 무슨 말이고?"

내 주위로 아이들이 모여들었다.

과연 지금부터 하는 말을 어디까지 진짜라고 생각할까.

"이것 봐라."

나는 무뚝뚝한 얼굴을 하고 미키마우스와 함께 찍은 사진부터 보여 주었다.

성공을 꿈꾸는 젊은이들에게 "성공을 위해서 무엇이 필요한
가?"라고 물으면 "더 노력해야 할 것 같다."며 자신에게 눈을 돌
리곤 합니다. 반면 이미 성공한 사람들에게 "성공을 위해서 무
엇이 필요했는가?"라고 물으면 열에 아홉은 이렇게 대답합니다.

"지금까지 만난 사람들입니다. 그들과의 만남이 제게 성공을
가져다주었습니다."

성공도 행복도 결국은 사람이 가져다주는 것입니다. 사람이
가진 무한한 가능성은 사람과의 만남을 통해 꽃을 피웁니다. 그
러니까 인생의 성패는 누구를 만나느냐에 달려 있다 해도 과언
이 아니지요.

그렇다고 이름난 사람이나 훌륭한 사람만 만나야 한다는 소리는 아닙니다. 일상 속에서 이루어지는 우연한 만남이 인생을 바꾸는 계기가 되는 일도 적지 않습니다. '인륜지대사'라고 하는 결혼만 해도 태반이 우연한 만남을 통해 이루어지니까요.

그런데 그저 우연이라고 생각했던 만남이, 돌이켜보면 지금의 나를 만드는 데 결정적인 역할을 했다는 걸 알게 될 때가 있습니다. 어찌 보면 그 모든 만남이 그때 나에게 꼭 필요했기에 이루어졌는지도 모릅니다. '우연인 듯 보일지라도 모든 만남은 필연이다.' 저는 그렇게 생각합니다.

그렇다면 스스로 만남의 기회를 적극 찾아 나선다면 삶의 지평이 더 넓고 깊어지지 않을까요? 그런 의미에서 여행이야말로 가장 좋은 만남의 장이 아닌가 싶습니다.

사람들은 흔히 다른 도시, 다른 나라를 여행하면서 내가 사는 도시, 내가 사는 나라의 좋은 점을 깨닫곤 합니다. 여행이라는 비일상 속에서 자신의 일상을 돌아보기도 하지요. 다른 곳에서 자신이 사는 곳을 바라보는 경험은 지금껏 알지 못했던 새로운 깨달음을 주고, 일상의 소중함을 일깨우며, 나아가 자신의 사명까지도 발견하게 합니다. 과거에도 수많은 사람들이 이러한 과정을 통해 자기 인생을 어디에 쓸 것인지를 찾아내곤 했지요. 그리고 이런 발견과 깨달음은 고스란히 살아가는 힘이 됩니다.

이 책은 한 소년이 여행을 하면서 평범한 사람들을 만나 자신의 삶을 돌아보고 살아가는 힘을 체득하는 이야기를 담고 있습니다. 이 소년이 아주 특별한 경험을 한다고 생각할지도 모르겠지만, 돌이켜 보면 우리 삶도 크게 다르지 않습니다. 예상치 못했던 만남과 이별을 되풀이하면서 깨달음을 얻고 성장해 나가는 지점이 말이지요.

이 책을 읽고 보다 적극적으로 사람들을 만나고 살아가는 힘을 갈고닦으려는 사람이 하나라도 늘어난다면, 작가로서 그보다 기쁜 일은 없을 것입니다.

이 책은 수많은 사람들의 만남을 통해 태어나 당신 손에 가 닿았습니다. 그 만남에, 그리고 책을 끝까지 읽어 주신 당신께 고마움을 전합니다.

기타가와 야스시

도요 항

마쓰야마 시

세토내해

에히메 현

시코쿠

오이타 항

야와타하마 항

오이타 현

구마모토 시
가즈야네

규슈

구마모토 현

혼슈

우라야스 시
도쿄 디즈니랜드

도쿄 ○   ○ 지바 현

○ 가와사키 시
가나가와 현 ○ 요코하마 시
○ 오다와라라 시
○ 이시가라 휴게소

시즈오카 시 ○
시즈오카 현

오사카 난코
페리 선착장
○ 오사카 부